Michael Dignal

IRGENDWO

Utopische Stories

Impressum

Copyright: © 2000 Michael Dignal

Herstellung: Libri Books on Demand

Illustrationen und Umschlaggestaltung:
Heidrun Kessler-Politz

Alle Rechte vorbehalten.

ISBN 3-8311-0206-6

Inhalt

Vorwort
(für alle, die nicht wissen, wo Utopia liegt)

Als ich im besonders staunensfähigen Alter von elf oder zwölf Jahren meinen ersten größeren SF-Roman las, war ich hin und weg. Ich hatte den Eindruck, im Verlauf des Lesens ein ganzes kosmisches Leben zu durchleben. Natürlich wusste ich danach, dass ich meinen Alterskameraden um Welten voraus war. So fing es an.

Zwar merkte ich dann bald, dass es nicht immer so einfach war (das Lesen auf das Leben zu übertragen, meine ich), aber als ich zehn Jahre später das Buch wieder las, stellte sich der magische Effekt erneut ein. Woran das liegt? Ganz einfach: Ich bin Utopiker.

Utopiker – und nun geht es vor allem um die Autoren unter ihnen – müssen mehr wissen, erfindungsreicher und mutiger sein als Nicht-Utopiker. Sie sind Raumzeit-Konstrukteure, da sie nicht auf ein vertrautes Paris, New York oder Dinkelsbühl zurückgreifen, sondern neue, andersartige Stadt-, Gesellschafts-, Wissenschafts- und Alltagspanoramen schaffen, und womöglich noch Roboter, Androiden und Extraterrestrier dort einbauen und agieren lassen, deren Verhaltensmuster ja auch erst mal geklärt werden sollten. Oder sie gehen wie selbstverständlich davon aus, dass alles bekannt ist, und provozieren durch eingestreute technische und atmosphärische Details die Imagination des Lesers. Das geht auch, ist aber noch schwieriger. Ein harter Job, so oder so.

Sie (nicht zwangsläufig alle, aber die meisten von ihnen) machen es sich also schwer, doch sie wollen es nicht anders. Das Geläufige in seiner eintausendundzweiten Version ist ihnen zu billig. Etwas Homerisches steckt in ihnen, denn für sie liegen Utopia und Polytropia dicht beieinander. Odysseus war der polytropische Held – soll heißen: der Vielbegabte, Wandlungsfähige, Erfindungsreiche u.s.w. -, der wagte, was andere nicht wagten, und der sich an Orte begab, die noch kaum einer vor ihm gesehen hatte. Genau so sind sie, die Utopiker.

Manchmal führen sie sich allerdings auf wie Clowns, wie Intelligenz-Päpste oder wie Fürsten der Finsternis. Natürlich dürfen sie das, denn andere Autoren tun das ja auch. Leute wie Stanislaw Lem, für den die Berufsbezeichnung SF-Autor einer Beleidigung gleichkommt (obwohl er selbstverständlich einer ist), der geheimnisvolle J.G. Ballard oder der tabusprengende Samuel Delany könnten mit ihren literarischen Qualitäten nebenbei so manchem nicht-utopischen Skribenten die Schamesröte ins Gesicht treiben. Ganz abgesehen von dem grandiosen Philip K. Dick, der in spätestens dreihundert Jahren als einer der bedeutendsten Autoren des 20. Jahrhunderts gelten wird. Und was sind in diesem Zusammenhang schon dreihundert Jahre?!

Auch in den hier versammelten Stories liegt ein Hauch von demiurgischer Anmaßung (ohne die es keine utopische Literatur geben würde). Dabei geht es um Artefakte, die die Sexualverhältnisse zum Einsturz bringen, um eine Beziehungskrise mit antiquarischer Gedankenlyrik, um unverdaute Erinnerungen alt gewordener Expediteure, um einen seltsamen Alien-Besuch, um einen weiteren Alien, der aus den Gettobezirken menschlichen Daseins Bericht erstattet, um ein Weltenplanspiel, bei dem der Messias erfunden wird, um einen tödlichen Öko-Freak, um eine behördlich eingefädelte Anti-Fanatismus-Maßnahme, um zwei ungleiche Brüder, deren Schicksale sich in einem Neutronenstern kreuzen, und schließlich um ein existenzielles Rätsel, das keiner zu lösen vermag.

Ein thematisches und stilistisches Dickicht also, manches davon schon über zehn Jahre alt und manches davon auch nicht ganz so ernst gemeint. Tja, aber wo liegt nun Utopia? Die letzte Geschichte verrät's: Irgendwo. Und Irgendwo ist bekanntlich überall.

Übrigens: Jener Roman, der mich damals so faszinierte, war A.E. van Vogts „Weltraum-Expedition der Space Beagle" (eine Anspielung auf Charles Darwins Reise mit dem Forschungsschiff „Beagle"). Vor nicht allzu langer Zeit habe ich ihn nochmals gelesen, und wiederum war ich hin und weg. Es ist nicht zu fassen!

M.D. (April 2000)

Glen Gordens brachte die Sache ins Rollen. Auf seine Art. Doch bemerkenswerterweise wollte ihm anfangs keiner so recht Glauben schenken, da seine Berichte wirr und unzusammenhängend klangen und regelrecht nach Erfindung stanken. Außerdem hatte ihn gerade erst seine Frau verlassen, so dass es plausibel schien anzunehmen, er wäre gewissen Wahnvorstellungen erlegen. Die Medien ließen ihn jedenfalls abblitzen. Auf das Nächstliegende kam keiner seiner ersten Gesprächspartner: die Sache einfach nachzuprüfen. Oder sie trauten sich nicht. Oder vielleicht waren sie einfach nur klüger als wir, so wie alle vorangegangenen Generationen offenbar genau wussten, warum sie sich mit den Steinen nicht beschäftigen wollten. Na gut.

Als Gordens zu mir ins Büro kam, waren vier Tage seit dem Zwischenfall verstrichen. Er wirkte zunächst ruhig und gefasst. Alles an ihm zeugte von purer Aufrichtigkeit. Und gerade das war es, was mich zu der Überlegung brachte: Wenn er der ehrliche und bescheidene Kerl ist, für den ich ihn halte, und es gibt keinen handfesten Grund, ihn nicht dafür zu halten, warum sollte er dann wieder und wieder die gleiche Lügengeschichte auftischen und sich damit langsam, aber sicher zum Gespött machen?

„Hören Sie, Scillett, ich komme mir allmählich vor wie ein Schlafwandler, ohne zu wissen, ob ich nun mehr schlafe oder mehr wandle oder was auch immer. Ich weiß jedenfalls, was Märchen sind. Ich kenne die Story von dem Burschen mit der langen Nase und das alles. Aber was ich Ihnen erzählen will, ist kein Märchen! Hundertprozentig nicht! Ich habe es nämlich erlebt! Seit über fünfzehn Jahren arbeitete ich im Magistrat, Abteilung Registratur, und da habe ich nur mit Fakten und Zahlen zu tun, warum sollte ich also..."

„Warum waren Sie bei den Schotterfelsen?" fragte ich dazwischen.

Er zog die Augenbrauen hoch und seufzte, bevor er neu ansetzte.

„Sie müssen wissen, Scillett, dass ich meiner Frau vor ein paar Wochen den Laufpass gegeben habe. Es war nicht mehr auszuhalten. Am Anfang sind sie die reinsten Pfefferminzbonbons, dann verfliegt allmählich der Zucker, und schließlich sind es nur noch geschmacklose... Dinger, austauschbar, unergiebig. Also Schluss, aus! Aber dann geht die andere Qual los: Der Tisch ist zu groß, das Glas zu schnell leer, die Wände biegen sich vor Lachen, alles ist trist, es ist..."

„Warum zu den Schotterfelsen?" beharrte ich. Manche Leute lieben es geradezu, nicht vom Fleck zu kommen. Da muss man dann nachhelfen.

„Ich sagte doch, es war wegen meiner Frau! Die Erleichterung hält eben nicht lange an, und... ja, also ich wollte mich ablenken, mal richtig tief Luft holen, auf andere Gedanken kommen."

„Ausgerechnet an diesem trostlosen Ort?"

„Warum nicht? Es ist ja nicht so weit weg. Man kann da allein sein. Und es ist warm. Und..." Seine Redseligkeit bekam Risse. Er suchte nach Worten.

„Und - was?"

Sein Blick irrte auf dem Fußboden herum. Ich war zwar ungeduldig, aber Gordens tat mir auch ein bisschen leid. Die letzten Wochen waren nicht einfach für ihn gewesen, das war zu erkennen.

„Hören Sie, Scillett, ich will ehrlich sein." Er sah mich jäh aus seinen dicken Pferdeaugen an. „Ich werde die Karten auf den Tisch legen. Es ist schwer, aber ich muss es tun. Sie sollten nämlich wissen, dass... dass meine Frau in der Vergangenheit des öfteren zu den Felsen gefahren ist."

Die erste Hürde war genommen. Er holte sein Taschentuch raus und schneuzte sich gründlich. Ich schwieg.

„Sie hat ja jede Menge Freundinnen", fuhr er fort, „und es war mir von Anfang an klar, dass diese Weiber dahinterstecken. Sie sind ja auch immer zusammen da rausgefahren. Erst... erst am Schluss ist sie ein paarmal alleine hin. Aber da... da war auch schon nichts mehr zu retten..." Es durchfuhr ihn irgendwie, und er hielt sich das Taschentuch vors Gesicht, als wollte er sich verstecken.

Ich konnte nicht länger nur zusehen, stand auf und ging zum Schrank, um den Schnaps zu holen.

„Danke", sagte er stimmbrüchig, als ich ihm das Glas reichte. Er trank es gleich leer. Ich schenkte ihm nach.

„Ich wusste, dass ich es Ihnen erzählen kann, Scillett, ohne dass Sie gleich einen Lachroboter anschalten, wie dieser verdammte Presseonkel vor zwei Tagen..."

Ein Lachroboter! Was für perfide Kerle, dachte ich und baute mein Mitgefühl für Gordens weiter aus.

„Das Schlimme ist, dass sie eigentlich kein Geheimnis daraus machte." Er kippte den zweiten Kanten und wirkte nun schon sichtlich entspannter. „Sie erzählte mir so gut wie alles. Ich sage: so gut wie, weil ich natürlich nie ganz kapieren konnte, was sie wirklich meinte. Das gleiche Problem habe ich ja jetzt. Was ich allerdings bald und vollkommen kapierte, war... dass sie mich nicht mehr brauchte."

„Und darum..."

„Und darum habe ich sie rausgeschmissen, ganz richtig!"

Ich schenkte ihm nach. Die Methode begann sich auszuzahlen, denn er schien mir nun wild entschlossen, alles auszuplaudern.

„Zuerst dachte ich natürlich, dass sie irgendwelche Parties feierten, verrückte Drogen und viel Sex und so weiter. Aber nichts dergleichen. Sie fuhren einfach zu den Steinen, ließen sich bedienen und fuhren wieder ab. Im Endergebnis ist das kein großer Unterschied, aber für mich dann doch, weil ich ja schlecht hingehen kann und Steine umnieten oder vergiften... verdammt, Scillett, stellen Sie sich vor, Sie kriegen raus, dass Ihre Frau fremdgeht - und dieser Saukerl ist nichts anderes als ein Felsbrocken! Es ist..." Er fasste sich gerade noch und stürzte den dritten Kanten runter.

Ich schenkte ihm nach.

„Danke. Jedenfalls war sie glücklich. Und ich war bedeutungslos geworden. Also habe ich sie rausgeschmissen." Wie traumverloren glotzte er in das Glas mit der schimmernden Flüssigkeit. „Und dann bin ich selber hingefahren."

Ich nickte nur.

„Ich wollte wissen, was es war. Verständlich, oder? Das ist schon eine komische Gegend da. Weit und breit nichts, rein gar nichts, und dann so ein Trümmerhaufen. Irgendwelche Geologen oder andere Neugierige werden sich wohl mal darum gekümmert haben, aber denen ist anscheinend nichts passiert. Hat man jedenfalls nichts davon gehört. Ich bin ja zuerst auch nur wie eine däm-

liche Krähe da rumgestelzt und habe nichts gemerkt. Aber dann...
aber das kann man eben nicht beschreiben!" Er hob das Glas
und flößte sich Kraft ein. „Ich setzte mich also hin. Auf einen der
Steine. Vielleicht habe ich mich auch hingelegt. Egal. Jedenfalls,
nach einer Weile wird's mir schummrig. Ich stehe wieder auf und
merke, dass ich schwanke, wie nach gut zehn Stück von diesem
hier." Er deutete aufs Glas. Ich schenkte ihm nach.
„Besten Dank, Scillett. Sie sind eine Perle von Detektiv und ein
mustergültiger Gastgeber obendrein. Also: Ich wusste, dass ich
nichts getrunken hatte. Es konnte also nur an der Aufregung, an
der Luft - oder an den Steinen liegen. Es war natürlich Letzteres."
Er schüttelte den Kopf, wie von schier unbegreiflichen Erinnerungen geplagt. Und so war es ja wohl auch. „Ich setzte oder legte
mich wieder hin. Und dann ging's erst richtig los! Das kann man
natürlich nicht beschreiben. Zuerst das Schwindelgefühl. Dann
tauchen Punkte auf, Farbpunkte, werden größer, bunte Dinger,
so verrückt glitzernde Kristallkugeln, werden immer größer, bis
man glaubt, da stehen alle erdenklichen Sonnen und Milchstra-
ßen und schwirren dir vor den Augen rum, und es blitzt und fun-
kelt und schwirrt, und plötzlich wird es rot, feuerrot!"
Er trank wieder, diesmal einen kleineren Schluck.
„Wenigstens kam es mir so vor. Nur rot. Aber immer noch alles
am Schwirren. Fehlte nur noch Satan höchstpersönlich. Wirklich
die reinste Hölle. Das kann man halt nicht beschreiben."
Immerhin versucht er es, dachte ich.
„Ja. Bei ihr muss es so ähnlich gewesen sein. Schwindel und
Schwirren und so weiter. Aber sie sagte, bei ihr sei es grün gewesen. Sie hat mir ja so gut wie alles gesagt. Grün wie Gift, sage
ich da! Denn es hat sie vergiftet. Oder ihren Unterleib. Oder was
weiß ich. Als ich aufstand, war ich zwar fix und fertig, aber ich
hatte keinen Orgasmus. Von sexueller Erregung keine Spur, ü-
berhaupt nichts! Wahrscheinlich sind das rein männliche Steine...
ja, schamlose, ehebrechende, verdammte Männersteinmonster!
Tausendmal verdammte Monstersteinmänner!!!"
Ich hob beschwichtigend die Hände, und er kam auch gleich wieder zur Ruhe und trank einen Schluck. Alle Hürden waren soweit
überwunden. Nun war ich an der Reihe. Klar war, dass er hätte
früher zu mir kommen sollen. Aber er hatte sich von Rachegelüs-

ten treiben lassen und eine Sensation daraus machen wollen. Damit war er auf den Bauch gefallen. Na gut.

„Wir müssen das untersuchen", erklärte ich ihm und griff zum Apparat, um meine Sekräterin anzuweisen: „Lassen Sie einen Gleiter fertigmachen, Lana. Und sagen Sie Max Bescheid, dass er mitkommen soll... und, hmm, Sie kommen auch mit."

Natürlich hätte ich es nicht tun sollen. Aber ich hatte es als meine berufliche Pflicht angesehen, die Sache nachzuprüfen. Wer kann schon von sich behaupten, die Folgen seines Tuns im Voraus zu kennen. Das Dumme ist nur, dass die Folgen in diesem Fall ziemlich gewaltig sind - nichts ist mehr so, wie es war. Na gut.
Wir fuhren also zu den Schotterfelsen. Kurz bevor wir ankamen, sah ich in einiger Entfernung einen anderen Gleiter in entgegengesetzter Richtung davoneilen. Da es mir jedoch nicht einfiel zu vermuten, dass das mit unserem Fall etwas zu tun haben könnte, und da mir Gordens gerade wieder in den Ohren lag, kümmerte ich mich nicht weiter darum.
Wir stoppten direkt vor dem Monument, das aussieht wie eine vollendet missglückte Mischung aus natürlicher Willkür und künstlerischem Dilletantismus und doch nichts weiter zu sein scheint als ein Haufen großer, mehr oder minder quaderförmiger Gesteinsbrocken. Keiner weiß, woher der Begriff „Schotter" stammt, denn er passt ganz und gar nicht; nur wenn man ihn von Schutt ableitet und den Maßstab außer acht lässt, mag er durchgehen.
Gordens kraxelte gleich los, und wir folgten ihm. Er glühte vor Eifer und wusste offenbar genau, wohin er wollte. Nachdem er einige der grauen, in allen erdenklichen Winkeln zueinander liegenden oder ineinander verkeilten Klötze erklommen hatte, blieb er stehen, drehte sich einmal um sich selbst und trat dann mehrmals heftig auf.
„Hier ist es!" rief er.
„Lassen Sie das sein, Gordens! Nachher bricht noch alles zusammen!" rief ich zurück, als er daran ging, den Quader mit wilden Tritten und Sprüngen zu traktieren, was zwar komisch aussehen mochte, aber die lose wirkende Felsanordnung mit unkon-

trollierbaren Folgen hätte erschüttern können. Zum Glück ereignete sich nichts Derartiges.

„Tut mir leid, Scillett, war nur ein kleiner alberner Anfall. Schon vorbei", schnaufte er, als ich mich zu ihm auf die verhältnismäßig waagrechte, ungefähr ein mal zwei Meter messende Fläche gesellte. Gordens stand der Schweiß auf der Stirn. Sein ängstlicher Blick streifte mich nur. „Es ist heiß hier."

„Ja", sagte ich, „ziemlich heiß."

Wir befanden uns sechs bis acht Meter über der Ebene, über dem platten, pulvertrockenen Boden einer scheinbar endlosen Ödnis. Unter und hinter uns: die Steine.

Max, mein technischer Assistent, hatte sich eine Stufe tiefer zwischen zwei V-förmig zusammenstoßende Klötze gesetzt und hantierte mit der Analysebox. Lana stand weiter unten und etwas abseits, an einen hochgereckten Quader gelehnt, und sah in die Ferne.

„Wieso sind Sie gerade hier hochgeklettert?" fragte ich Gordens.

„Weil es hier war."

„Ich meinte: Warum sind Sie vor vier Tagen hier hochgeklettert?"

Gordens sah nach unten, nach oben, zur Seite und schüttelte den Kopf.

„Keine Ahnung." Er sah noch einmal auf eine der Kanten und bückte sich. Seine Hand strich über die Stelle, wo ein unregelmäßiges Stück abgebrochen zu sein schien. „Vielleicht, weil man hier liegen kann ohne wegzurutschen."

Ich drehte mich weg und fragte: „Was festgestellt, Max?"

„Nichts Besonderes, Chef. Keine Strahlung, abgesehen von der Wärme natürlich." Er grinste zu mir hoch. „Ich habe mich übrigens noch schnell schlau gemacht, bevor wir abgefahren sind. Es gibt zwei vorherrschende Meinungen über die Schotterfelsen. Die eine heißt, dass es ein Gebäude war, eine Pyramide, irgendein Tempel vielleicht, ein Gebäude also, das durch eine Katastrophe zum Einsturz kam. Die andere Lehrmeinung behauptet, dass es sich um Baumaterial handelt, das liegen blieb, weil es überhaupt nicht zum Bau kam. Beide Theorien gehen also von der Annahme einer früheren Kultur aus, die ansonsten spurlos verschwunden ist."

„Und wieso weiß man nichts weiter davon? Ist das der einzige Hinweis?"

„Weiß ich nicht, Chef. Mehr hab ich nicht gefunden." Er winkte und machte sich daran, die umliegenden Steine zu untersuchen. Gordens hatte sich inzwischen hingehockt und nur noch mit der Bruchstelle befasst, die er wie ein Blinder befingerte.

„Schauen Sie mal, Scillett - sieht das nicht seltsam aus?" Er deutete auf ein paar glattflächige Spuren am oberen Rand.

„Hmm, ja, als ob..."

„Als ob jemand absichtlich mit einem Werkzeug hier was abgebrochen hätte, oder nicht?"

Ich war durcheinander. Ich sah, was Gordens meinte, und es war mir eigentlich schon vorher klar gewesen. Doch zugleich kümmerte es mich nicht sonderlich, denn ich war abgelenkt. Irgendetwas sagte mir, dass ich mich umsehen sollte. Zwei Stufen tiefer, weiter nach vorne...

Ich folgte dem Impuls, kletterte über die Kanten und Ecken, rutschte runter, sprang über Spalten und zog mich wieder hinauf. Zwischendurch sah ich Lana, die flach ausgestreckt auf einem Stein lag, aber auch das kümmerte mich nicht mehr. Schließlich kam ich da an, wo mein Vorwärtsdrang erlosch. Ich legte mich hin und versank in einem unverständlichen, rotglühenden Albtraum - aus dem ich, Ewigkeiten waren vergangen, gewaltsam gerissen wurde.

„He! He, Chef! Los, aufwachen, he!"

Sie standen über mir - Max und Gordens.

„Es hat Sie also auch erwischt, Scillett. Jetzt wissen Sie's. Hören Sie, es ist ein verfluchter Ort, ein Männeropferort!"

„Was... was denn?" Ich rang nach Klarheit. Sie halfen mir hoch. „Wo ist Lana?"

„Sie liegt flach, oder anders gesagt, sie..."

„Sie ergießt sich! Ein Orgasmus nach dem anderen!" dröhnte Gordens. „Genau wie bei den anderen Weibern, einschließlich meines eigenen - verdammt!"

Die Unmittelbarkeit seiner Worte brachte mich wieder zur Besinnung. Ja: ich hatte rot gesehen, wie er. Es stimmte.

„Sehen Sie, Chef, diese Stelle hier", warb Max um meine Aufmerksamkeit. Ich brauchte nur zur Seite zu schauen. „Hier wurde abgesprengt. Die Analyse sagt, dass es erst zwei bis drei Stunden her ist. Im näheren Umkreis gibt es ein paar weitere Steine mit solchen Absprengungen. Der Stein von Gordens gehört auch dazu. Dort wurde vor vier oder fünf Tagen ein Teil künstlich abgetrennt."

„Kapieren Sie, Scillett, kapieren Sie?" heulte die Stimme hinter meinem Rücken. „Sie hat sich ihr Glück mitgenommen! Sie tun es alle - und es hat erst angefangen!"

Ich riss mich zusammen. Wir stiegen ab, nahmen die bewusstlose Lana mit und fuhren zurück.

Als ich ins Büro kam, wartete eine Nachricht auf mich. Von meiner Frau.

„Mein Lieber", hieß es am Anfang, und der Rest war ebenso nett formuliert, in der Tat aber eine Abfolge von Ohrfeigen, Leberhaken und Tritten zwischen die Beine. Vor allem Letzteres.

Ich wusste Bescheid. Gordens hatte mich ja vorbereitet. Also war es ihr Gleiter gewesen, den ich gesehen hatte. Sie musste es von einer der Freundinnen von Gordens' Frau erfahren haben. Hoffnung brauchte ich mir keine zu machen. Ich besprach die Sache mit Max und Gordens. Mein Assistent, der glückliche Junggeselle, hatte Erklärungen parat.

„Es scheint sich tatsächlich um Steine mit beträchtlicher maskuliner Ausstrahlung zu handeln. Vermutlich auf parapsychischer Ebene. Das lässt sich mit der Analysebox zwar nicht messen, aber der Effekt ist ja wohl deutlich genug. Frühere Untersuchungen wurden nur von Männern durchgeführt. Daher ist darüber noch nichts bekannt. Der Kontakt mit Frauen scheint hingegen eine Aura zu hinterlassen, die die betroffenen Männer anzieht, sobald sie in die Nähe kommen. Sie beide wurden von den Steinen, auf denen Ihre Frauen... äh, lagen, angelockt und paralysiert. Die roten Schockträume können vieles bedeuten, zum Beispiel eine verzerrte unbewusste Reaktion auf die Steinaura oder vermengte Bewusstseinsfetzen, wobei die Frage interessant wäre, ob hier gespeicherte Bewusstseinsmomente Ihrer Frauen mitspielen oder die Steine ein eigenes Bewusstsein haben. Was aber viel wichtiger ist, ist die Tatsache, dass Bruchstücke der Steine offenbar ebenso wirksam sind wie ein ganzer Block. Die

13

Frauen haben sich damit... oh, Pardon, was ich sagen wollte, ist..."

Er brauchte es nicht zu sagen. Es war klar. Gordens hatte von Anfang an Recht gehabt. Das Spiel war verdammt einseitig: Wir, die Männer, hätten mit Laserstrahlen oder Bomben gegen die Schotterfelsen vorgehen können - und damit alles nur noch beschleunigt. Denn vielleicht genügte schon ein Körnchen, ein Partikel, um eine Frau zu erobern... oder wie sollte man es sonst nennen?

Einen Tag, nachdem Lana gekündigt hatte, brachte Max die Angelegenheit an die Öffentlichkeit, von Gordens tatkräftig unterstützt, der nun endlich publikumswirksam in Erscheinung treten konnte. Es war lediglich mein guter Name gewesen, den er dazu gebraucht hatte. Ich konnte nichts mehr tun. Die Lawine brach los.

Was die Erforschung der Natur der Steine angeht, so waren die Wissenschaftlerinnen gleich verloren. Und ihre männlichen Kollegen verhedderten sich derart in ihren Hypothesen, dass nicht viel dabei herauskam. Außerdem hörte ihnen kaum noch jemand zu. Na gut. Der Rest ist Geschichte.

Er lief über die hell ausgestrahlte Kreuzung, schwang sich in einnes der freien Taxis und gab sein Ziel an. Die Tür schloss, und das Gefährt startete. Er schaltete die Polarisation aus, um die Straßen in ihrem künstlichen Glanz sehen zu können. Das Angebot des Taxis, Musik zu spielen, schlug er aus. Ich hab die Ohren sowieso voll, dachte er müde. Die Straße. Ich brauche die Straße! Ich muss sehen, wie sie hasten, von sonstwo nach irgendwo, diffuse Sachen im Hirn, oder wie sie dastehen, ohne Ziel, nur Wünsche und Träume, oder wie sie flanieren, berechnen, abwägen, vergleichen: Die Wurzel aus Gestern und Morgen ist eine imaginäre, aber kräftige Zahl. Man kann sie sehen. Ich brauche das.

... ein langer Weg. Inzwischen haben sich die Grenzen verklärt. Der Tag ist an Bord von Exosphärenflugzeugen. Und überall liegt die Nacht: in den Dissonanzen der Instrumente, in den Anblicken freigelegter Glieder, in irgendwelchen Häfen, auf versunkenen Alleen, auf stumpfen und endlosen Kunststoffbahnen. Es gibt noch die dunklen Augen, die der Nacht angehören und die dem Tag nicht entfliehen können, nicht einmal in fantasievollen Gedanken, während woanders die überlange Finsternis zelebriert wird in immer noch falschfarbenen Sälen, geschlossenen Räumen, wo lange helle Beine wippen und fahle Wangen aus kostbaren Tüchern wachsen, wo statt Luft seltsame Nebelschichtungen und statt festem Stoff seltsame Papiere die ansässige Lebensform garantieren. Hier liegt die Nacht dicht auf: im gespenstischen Lachen, im lungenlosen Ächzen und im bedeutungsvollen Zischen und Wispern der Zungen über eindimensionale Erinnerungen. Hier feiern die kopflosen Hirne ihre Feste, sühlen sich in neuesten Erregungssorten, loben die andauernde Hochzeit von Hohn und Zahlenspiel. Ephemere Lippen zitieren die letzten Zitate, einstudierte Fältchenwürfe bescheinigen katalogische Vermutungen alle drei Schritte entlang der Straße, der dahingestreckten Nacht...

Es ging nur langsam voran. Eine Stockung. Wahrscheinlich ein Selbstmörder. Oder mehrere. Bis wir da ankommen, ist natürlich schon alles bereinigt. Wie üblich.

Sein Blick streifte eine weibliche Gestalt - huschte zurück und fixierte sie. Sie trug hohe rote Stiefel und eine aufgebauschte gelbe Weste. Nicht viel mehr. Ihr Schädel war kahlgeschoren und mit verschiedenfarbigen Ornamenten geschmückt. Wie Libelle. Nein, nicht ganz so aufrecht, nicht ganz so...

„Anhalten!"

Ein Drogengeschäft. Die Frau ließ sich Zeit, die Angebote zu studieren. Sie stand nicht ganz still. Abwechselnd verlagerte sie ihr Gewicht vom einen aufs andere Bein. Verspielte Absichten im Kopf. Fast tänzelnd angedeutete Reflexe.

„Richtaufnahme."

„Haben Sie eine Kennkarte?"

Er stöhnte unwillig, zückte die Ausweiskarte seiner Firma und schob sie in den Schlitz.

„Objekt?"

„Stehende Person rechts, gelbe Weste."

Ein spritzender, blubbernder Geräuschbrei kam durch. Er strengte sich an und glaubte, das Rascheln ihrer Oberarme am Stoff der Weste zu hören. Ah, weiches Porzellan, unsichtbar funkensprühend.

„Näher."

„Konkretisierung?"

„Kopf."

Flüsterte sie etwas. Nein, nichts. Gar nichts.

„Beine."

Gerade rechtzeitig: Sie kratzte sich am linken Oberschenkel. Ooh! Pferde preschen durch die Savanne. Ein Archäologe nimmt eine wertvolle Gesteinsprobe. Der Experimentaljet durchstößt die Dunkelwolke. Eine Violinstimme erhebt sich über das Streichertutti.

„Bild - schnell!"

„Größe?"

„Am größten!"

Sie hatte nur kurz gekratzt. Es war vorbei. Die Vorstellung von fühlenden Kuppen und strafenden Nägeln gegen nacktes Fleisch wurde verdrängt von reiner Statik. Dann ein Knallen, gefolgt von einem rhythmischen Donnern...

„Abschalten, verdammt!"

Sie hatte sich abgewandt und ging weiter.

Das Bild kam durch die Ausgabe. Er griff danach. Es sah gut aus. Er dachte: Leider ist das jetzt nicht der Augenblick, in dem ich dafür Zeit hätte. Kann ich mir jetzt nicht erlauben. Libelle hat Vorrang.

... eine große schlaflose Gemeinde mit Kalendern voller Kreuze wie Volltreffermarkierungen. Ewiges Sonnenwendfest. Ewige Parade der diamantenen Schneidezähne. Und überall verborgen die Wunden des Dunklen, aus denen willenloser Sirup rinnt, Geflacker aus Neonleuchten widerspiegelnd, als sei er ein eigenes Leben. Ein schwarzes, formloses Od, zäh über Pflasterporen hinweg und an Glaskanten entlang: eine stolz glitzernde Amöbe, hilflos gegen die stillen Eruptionen der Tageszeiten und als Quelle ihrer selbst zum Versickern, zum Austrocknen verdammt. Die Nacht hat ihren Schein, und der Tod ist lebhaft und tanzt uneingeladen inmitten geschlossener Gesellschaften...

„Weiter geht's."

Das Taxi beschleunigte, reihte sich in den Verkehr ein. Während er das Bild in die Jacke steckte, erkannte er schon den großen Projektionskegel auf dem Brian-Platz, dem sie sich näherten. Das pseudoorganische Monument zeigte soeben bedrohlich wachsende, blaue und grüne Lichtkristalle. Im nächsten Augenblick verwandelten sich die wuchernden Sechs- und Zwölfecke in so kolossale wie unleserliche Handschriften: sinnlose Texturen aus silbrigen Balken und Bögen.

Als sie daran vorbeifuhren, zeigte sich eine andere Impression: zusammen gedrängte, vibrierend kopulierende Rieseninsekten. Grotesk. Gerade nicht mein Geschmack. Er wandte sich ab.

Der fünfte Sektor war nicht mehr weit, was unter anderem am nachlassenden Verkehr zu merken war. Er hatte einmal dort gewohnt. Und dort hatte er Libelle kennengelernt. Es war eine lebhafte Zeit gewesen. Dann hatte er sich bei der Firma beworben, und sie hatten ihn genommen. Nun war er Kontaktmann, und er musste zugeben, dass er seinen Erfolg nur Libelle zu verdanken hatte. Dieser zarten, starken, merkwürdigen Frau. Sie hatte exzellente Kunden und lieferte regelmäßig exzellente E-Profile ab. Die Straßenbeleuchtung wurde spärlicher. Er bedauerte es, dass sie darauf bestand, weiter hier zu leben. Sie besaß eine vorzeigbare Künstler-Lizenz und verdiente ausreichend, um - so wie er - im dritten Sektor wohnen zu können. Er hasste ihre Argumente, die ausgeleierten Adjektive wie „vertraut" oder „heimisch" - pah, woanders war es einfach besser. Aber da war nichts zu machen.

Das Taxi bockte plötzlich, der Antrieb starb ab, und sie blieben stehen. Er sah sich um: Die Straße war so gut wie leer.

„Was ist los?"

„Eine Taxi-Falle."

Ihm wurde heiß im Gesicht. Dies war einer der Punkte, warum er den fünften Sektor verabscheute: die Gefahr. Ständig musste man... da waren schon die Schatten! Vier oder fünf dunkle Gestalten, die aus Gebäudespalten sprangen und das Fahrzeug umstellten.

„Mach sie fertig! Erledige sie, töte sie - töte sie!!" schrie er wild.

Die Automatik brauchte keine Aufforderung. Während sich die Gestalten an den verriegelten Türen zu schaffen machten, hörte er ein Summen von vorne und hinten. Aah, die Abwehrsysteme leben noch, dachte er erleichtert. Das hier ist bessere Technik als euer schäbiges Elektronetz, ihr Schweine, ihr stinkender Abfall! Funkenregen sprühte über die Scheiben.

„Ton! Ich will es hören!" rief er hastig.

Schon lagen ihm die Schreie in den Ohren, an- und abschwellend oder dauerhaft, rau oder panisch spitz, voller Wut, Schmerz und Todesangst - ein schöner, überaus befriedigender Choral!

Als die Strahlenflut versiegte, waren auch die Schreie verstummt.

„Kannst du weiter?" fragte er und drückte sein Gesicht an die Scheibe, um die leblosen Körper liegen zu sehen.

„Sofort. Ich neutralisiere noch die Falle."

Er hörte die leise schmatzenden Geräusche kleiner Pumpen und vermutete, dass die Automatik Säure auf die Fahrbahn spritzte.

Da ruckte das Taxi schon an, einmal, zweimal, dann beschleunigte es gleichmäßig und setzte die Fahrt fort.

Er lehnte sich zurück. Solche Dinge gingen ihm immer auf die Nerven, er konnte sich einfach nicht daran gewöhnen. Das verdammte Drecksgesindel! Warum unternimmt man nichts dagegen?

... Szenerien, die über Straßenabschnitten schweben. Um so lauter die Stimmen und Begleitgeräusche und um so schillernder die Gesichter und körperlichen Ergänzungen, desto länger wird der Weg, der Tränenschläge und Lichtgewitter, überlachte Einstürze und nackte Qualen, tief hängende Brücken aus metallischem Gekicher, Traumzeugnisse vielgliedriger Frauen und marmorbrüstiger Männer, schlangenhaft umgedeutete Gedächtnisse, aufgetürmte Wunderfiktionen, Handschläge von Kreuzfahrern und Schamanen, bonbonfarbene Offenbarungen von der Rückkehr des Nichts - der dies alles überwinden will, in anmutiger, geschmeidiger Vorwärtsbewegung überwunden und bezwungen haben will, überall, immer, für alle...

Schließlich hielten sie vor der gewünschten Adresse. Es war ein für die lokalen Verhältnisse erstaunlich ansehnliches Haus, auch im Halbdunkel. Er meldete und identifizierte sich vom Fahrzeug aus. Als das Empfangszeichen kam, wies er das Taxi an, auf ihn zu warten, und lief dann schnell hinüber.
Nachdem sich die automatische Eingangstür hinter ihm geschlossen hatte, ging er durch den mit simplen Landschaftsfotografien ausstaffierten Korridor direkt zu dem Raum, wo Libelle sowohl ihn als auch ihre Kunden zu empfangen pflegte.
Er merkte gleich, dass etwas nicht stimmte.
Sie saß wie üblich auf ihrem Sessel mit der über zwei Meter hohen, asymmetrisch geschwungenen Rückenlehne, doch sie trug nicht eine ihrer typischen Freizeitkombis, sondern sie hatte Bündel von glitzernden Schärpen um den Oberkörper gewickelt, ihre Beine waren in eine weite, ebenfalls bunt glitzernde Hose gehüllt, und ihr animierender Schädel war bis zur Nasenwurzel unter einem bizarren Pelzhut verborgen. Sie sah ihn nicht an, sondern beschäftigte sich offenkundig mit einem antiken Objekt, einem sogenannten Buch, das sie in ihren Händen hielt. Die Datenträ-

ger mit den fertigen E-Profilen, die sonst bereitlagen, wenn er kam, waren nirgends zu sehen.

Er sah zu ihrem Arbeitsplatz hin: Das fünfstrahlig sternförmige Bett sah regelrecht unbenutzt aus. Unbenutzt im herkömmlichen Sinn, denn geradezu provozierend unpassend wirkte das halbe Dutzend weiterer Bücher, die auf dem Bett verteilt lagen.

Mit eiligen Schritten ging er zu der Truhe, die zwischen zwei Strahlen stand, und klappte den Deckel hoch: Der Holo-Projektor, der Stimulator, der Rekorder, all die herrlichen Geräte waren augenscheinlich in Ordnung. Als er den Speicher überprüfte, stellte er fest, dass seit gut drei Tagen kein Profil mehr aufgenommen worden war.

„Hast du die Behörde am Hals?" fragte er, den Deckel schließend.

„Nein." Ihr Blick blieb auf dem Papier.

„Hör mal zu, Libelle", setzte er an, ging zu ihr und stellte sich in Positur, um ihren Blick auf sich zu lenken. „Hier ist doch was faul. Seit Tagen hast du nichts aufgenommen. Du wusstest, dass ich heute komme. Warum... was hast du mir zu sagen?"

Es schien Ewigkeiten zu dauern, bis sie den Kopf hob und ihn endlich ansah.

„Ich höre auf."

Hinter dem merkwürdigen Glanz ihrer Augen mochte Traurigkeit oder Kälte stecken, es war nicht zu erkennen, aber er wusste nun auch so, dass eine Entscheidung gefallen war. Er kannte Libelle. Ihm fiel im Moment nichts Besseres ein, als einen der anderen, weniger auffälligen Sessel zu nehmen und sich zu setzen.

„Gut, verdammt. Es ist irgendwas passiert. Nun müssen wir uns auf unsere alten Tugenden besinnen und ruhig und ehrlich sein. Du weißt, was du für mich bedeutest. Ich war immer... ach was, sag's mir einfach!"

Nun lächelte sie und legte das Buch auf den Tisch zwischen ihnen. Ihr Lächeln - ihr Gesicht, wenn es lächelte - war ein Zauber, den auch ein komischer Pelzhut nicht beeinträchtigen konnte. Ihre knappen Gesten, alle ihre Bewegungen waren zauberhaft, heute so wie vor zehn Jahren, als er sie zum ersten Mal getroffen hatte.

„Einen Tag nach unserem letzten Kontakt", erzählte sie, wieder ernst geworden und das letzte Wort mit seltsamer Betonung aussprechend, „kam ein besonderer Kunde." Sie blickte zur Seite und drehte die rechte Hand. „Er war äußerst zögerlich, und dann merkte ich: Er wollte gar nichts von mir haben - er wollte von mir wissen!"
Er konnte noch nichts sagen; er nickte nur.

... der Weg ist lang und ohne installierte Lichtzeichenanlagen, Markierungen oder nur gedruckte Hinweise, er findet sich nicht auf geometrischen Darstellungen oder in mündlichen Aufzeichnungen großnasig witternder Viehzüchter, folgt nicht aus den Ächtungen der geheimen Bruderschaften gegen unangekettete Menschen, nicht aus den Aufrufen vervielfältigter Fratzen und missbrauchter Zeichen. Weder Ziffer noch Satz ist mehr als Vereinfachung und Verständigungsfloskel, und ein Wesen ist Ergebnis ohne Lösung, ein Papyros der Zeit, bis zum letzten Zug. Viel mehr als geforderte Übereinstimmung und einstudierter Gleichklang sind dagegen die wilden Zuckungen des verendenden Wesens - ein Wegzeichen für den Fragenden. Viel mehr als der mit hellbunt überstrichenen Krücken gestützte Leib ist dessen zerfetzter Schatten, der keine Sonne hat - ein Licht für unbefangene Reisende...

„Er stellte mir merkwürdige Fragen. Obwohl sie einfach waren, wie ich mir erst später überlegte. Wir redeten also. Und, weißt du, so habe ich noch nie mit jemandem geredet."
Er sagte nichts.
„So ein kleiner, unscheinbarer Kerl. Der typische Perversling eigentlich. Aber nichts dergleichen. Weißt du, von ihm ein Sexprofil aufzunehmen, wäre fast schon ein Verbrechen, vor allem wäre es widersinnig. Seine Erregung ist nämlich der klare Gedanke. Kein Tumult, sondern eine bewusste Reihenfolge. Er ist ein Beobachter und Beschreiber."
„Ein... was?"
„Er ist ein Mensch, der nicht in unsere Zeit passt. Er besitzt viele alte Bücher, von denen er mir ein paar ausgeliehen hat, und er schreibt selbst. Und was er schreibt, fasst er in Büchern zu-

sammen, die er selbst herstellt und die genauso alt aussehen wie die anderen. Er hat einige Begriffe für das, was er tut. Er nennt sich Handwerker und Physiologe, Forscher und Zeichner, ja und vor allen Dingen Beobachter und Beschreiber. Alles hat mit allem zu tun, sagt er."

Sie lächelte wieder. Aber es war ein nach innen gekehrtes Lächeln, nicht ihm gewidmet, sondern dem, von dem sie sprach. Eine Abkehr.

„Das war alles neu für mich. Und es hat mich verändert. Du musst das akzeptieren. Ich kann und will nicht mehr weitermachen. Ich höre auf."

Er versuchte, sich zu beherrschen, löste seinen Blick von ihrem Gesicht und sah auf das Buch, in dem es vermutlich um Beobachtungen und Beschreibungen ging. Warum? Warum sollte ein kleiner Unscheinbarer eine Frau wie Libelle aus der Bahn werfen können?

„Jetzt hör mir mal zu, Mädchen", sagte er, sich auflehnend, „ein ernstzunehmender Verdacht seitens der Behörde - gut. Ein besseres Angebot von der Konkurrenz - gut. Damit könnte ich umgehen. Ich habe dir deine Lizenz gestrickt, ich sorge für gute Kontakte, ich habe in der Firma einen guten Namen. Wir beide arbeiten gut zusammen. Aber das jetzt, jetzt das..."

„Es ist aus. Du hast es gehört. Alle weiteren Bemühungen sind sinnlos. Ich ziehe demnächst zu ihm in den zweiten Bezirk. Das mit der Firma ist vorbei. Ich mache keine solchen Geschäfte mehr. Tut mir leid für dich. Aber ich habe jetzt gelernt, mehr zu sehen, als man zu sehen glaubt. Und es ist viel mehr."

„In... in den... den zweiten Sektor?!"

„Ja. Er steht besser da, als du denkst."

Konnte das denn sein, war das möglich? Er sah ihr in die Augen und wusste, dass es stimmte. Verdammt, Mädchen, unsere Zukunft, meine Zukunft! dachte er und schaute gezwungenermaßen auf das Bett und wieder auf den Tisch, wo das Buch lag.

„Lies doch mal", regte sie an, als sie seine Blickrichtung registrierte, „ich kann es dir mitgeben. Nimm dir ein paar Stunden und lies es. Du bist nicht dumm, ich kenne dich, du verstehst das, und du wirst mich verstehen."

„Nun mal langsam, Libelle. Das ist doch wohl hyperreligiöser Stuss, was? Was sonst könnte dir dermaßen das Hirn verdrehen? Ich hatte dich bisher für unempfindlich gegenüber derartigen Dingen gehalten, aber..."

Sie lachte. Sie lachte laut, spreizte dabei die Arme, fasste sich an den Pelzhut, den sie kurz anhob und gleich wieder aufsetzte, als habe ihr Kopf angesichts dieser frappierenden Verständnislosigkeit ihres Kontaktmanns eine kleine Luftzufuhr dringend benötigt. Schlagartig wurde sie wieder ernst.

„Nichts da! Glaubst du denn, Religiöse wohnen im zweiten Sektor? Ich denke, du kennst die Verhältnisse so gut wie ich. Komm - lies es doch einfach mal."

Die Zeit hatte sich für ihn verlangsamt. Er erinnerte sich an ein uraltes Lied, in dem es darum ging, wie eine unerschütterliche Mutter ihrem gewinnsüchtigen, opportunistischen Sohn lachend den Stuhl vor die Tür setzte... Nein: Libelle konnte nicht verführt werden, ohne dass sie es wollte. Sie hatte ihre Entscheidung getroffen, und er konnte sich glücklich schätzen, wenn er noch herausfinden sollte, was es gewesen war, das sie dahin gebracht hatte. Auch wenn das nichts mehr ändern mochte und er selbst schon an der Weggabelung stand, nach einer neuen, völlig ungewissen Richtung Ausschau haltend.

Schließlich gab er ihrem erwartungsvollen, geradezu zwingenden Blick nach, beugte sich vor und griff nach dem Buch.

... wie brennend das Bild der inneren Fäulnis, worüber der blendende Vorhang gezogen ist, bewacht von eitlen Theaterdienern, wie brennend wichtig das Bild, wenn es erst zum Bild geworden, durch einen Riss im schweren Vorhangsstoff dem Auge freigegeben. Diese Fäulnis ist die Seele jeder Tat, die Mitte verzweifelter Wünsche und Flüche, die gleichgültige Ursache krankhaften Verzichts, die einzige Konstante inmitten wirbelnder Formen aus sich besteigenden Varianten, austauschbaren Symbolen und willkürlichen Vorschriften. Ihr Bild zeigt die eindeutigen Zeichen von Stolz, der vertausendfacht zum Untergang wird, von Begierde, die vertausendfacht zum Rätsel wird, von Erinnerung, die vertausendfacht zum Selbstvergessen wird, von Hoffnung, die vertausendfacht zur kostspieligen Illusion wird. Dieses Bild von Fäulnis stünde einzeln frei, doch in der tausendfältigen Schar ist es so täuschend schwer verhüllt, dass seine ehrliche Sprache zur Dumpfheit und seine einfache Erfahrung zum quecksilbrigen Psalm verkommt...

Schnell hatte er ein paar Seiten überflogen, ein bisschen vor- und wieder zurückgeblättert. Unverständliches, düsteres Zeugs, archaischer Quark - jenen vergilbten, sogenannten heiligen Schriften, wie sie in den Museen ausgelegt waren, nicht unähnlich. Es war tot. So tot wie diese Verbrecher, die ihn hatten überfallen wollen. Er hasste das. Er bevorzugte das Leben, das schnelle, anstrengungslose Leben.

„Deswegen...?"

Libelle war inzwischen aufgestanden und hatte sich einen Drink zubereitet. Genüsslich schlürfend sah sie ihn an, ein bisschen neugierig, vielleicht auch ein bisschen spöttisch.

„Ja?"

„Du willst mir erzählen, dass dich dieses inhaltslose Geschwafel umgeworfen hat? Dich? Wo ich dich seit zehn Jahren kenne, soll ich das glauben: du - ein Opfer lachhaften Schwachsinns?!"

„Und nun? Willst du Gewalt anwenden?"

„Es liegt doch auf der Hand", sagte er und erhob sich, „dass ich dich irgendwie zur Vernunft bringen muss."

„Sicher, sicher. Weiß eigentlich jemand, dass du hier bist?" fragte sie ruhig und stellte ihr Glas ab.

„Natürlich nicht. Was soll die Frage?" Er ging langsam auf sie zu.

„Es tut mir leid. Gerade eben noch dachte ich, du seist klug. Aber du bist es nicht. Das ist also die Wahrheit."

Welche Wahrheit? Er war keine drei Schritte mehr von ihr entfernt, und er blieb stehen, ohne zu wissen warum.

Sie lächelte noch einmal ihr kryptisches Lächeln. Dann fügte sie sehr leise an: „Niemand wird dich vermissen."

Wie aus dem Nichts hervorgeholt hatte sie plötzlich einen silbrigen Gegenstand in der Hand, dessen schmale Öffnung auf ihn gerichtet war und zu grinsen schien. Ein dünnes, seltsames Gekicher erklang.

... er ist nicht tot, aber vielleicht hat er nie gelebt. Da ist zu viel Streben und zu wenig Bewusstsein, zu viel Sicherheit und zu wenig Rückhalt. Er ist der Fluss, der fließen muss, weil er daran glaubt. Dieses Wasser ist unhaltbar. Er könnte jedes Wasser sein, jede bessere Daseinsform, doch er will es streng und hart. So unbeugsam hart, dass ein unerwarteter Stich genügen wird, alles zu zersprengen, seinen kindlichen Glauben an Leben und Tod mit dunklem Licht zu überwerfen, endlich dunkel, endgültig...

Das Treffen der Veteranen

Zef Erpman kam zuerst.

Den Eingang zum Casino betrachtete er nahezu andächtig. Hier draußen hatte sich eigentlich nichts verändert. Die ziemlich billigen Klapptüren waren noch immer da, vielleicht in dritter oder vierter Generation, aber sie sahen noch so aus wie damals. Auch die Plasmaschrift - „CAPTAIN'S INN" - leuchtete noch wie ehedem. Zutritt auch für Kadetten, ergänzte er in Gedanken, ebenso natürlich für Leutnants und Stabsoffiziere. Das musste einem erst mal gesagt werden. Man war ja schließlich eingeschüchtert. Tja, und dann die Vorstellung, vielleicht einem berühmten Kommandanten über den Weg zu laufen oder an der Bar keine zwei Meter von ihm entfernt zu stehen und dabei seinen neuesten Erlebnissen zuhören zu können...

Seufzend betrat er die Eingangshalle und blieb stehen. Der Durchgang war neu: Da, wo früher Geschwaderabzeichen prangten, waren nun ausrangierte Steuerungschips um die Pforte angebracht worden, die dunkelblau schimmerten.

He, ist das nun Nostalgie oder ein psychologischer Wink an die Mentalisten unter den Offizieren, damit nur ja keiner denkt, dass es vielleicht ohne Technik gehen könnte?

Das Abtastfeld hatte seine Karte gelesen. Er durfte hinein.

Die Einrichtung hatte sich verändert. Sie war hässlicher geworden. Aber die Atmosphäre überdeckte diesen Eindruck sofort. Erpman fühlte sich sogleich am vertrauten Ort: dumpfe Musik, herbes Stimmengemisch, schillernde Uniformen, bunte Freizeitkleidung, hin und her huschende Bedienungsroboter, schwere, aromengesättigte Luft. Erstaunlich.

„Darf ich Ihnen behilflich sein, Herr Oberstleutnant?"

Der Roboter, der seine Karte gelesen hatte, wartete auf Antwort.

„Nett von dir, mein Junge, dass du mir den Titel gibst, obwohl ich schon lange außer Dienst bin. Wir haben hier heute ein Jubiläumstreffen. Ich habe es angemeldet."

„Oja, die Versammlung fünfzig Jahre Kadettenschule, zwanzig Personen, Verantwortlicher Oberstleutnant im Ruhestand Zef Erpman, Salon Zarifa. Sie können mir folgen, wenn Sie möchten."

„Noch keiner da - außer mir?"

„Bedaure, nein."

Dara ist also noch nicht hier, stellte er überrascht fest. Komisch. Er war davon ausgegangen, dass sie ihm zumindest heute hätte zuvorkommen wollen. Immerhin hatte er das Treffen organisiert, und allein das hätte von ihr als Blamage empfunden werden können. Schließlich war sie die Jahrgangsbeste gewesen. Und darauf hatte sie auch immer großen Wert gelegt.

„Ich schau mich noch ein bisschen um. Sobald eine... oder einer von unserer Gruppe eintrifft, sagst du mir Bescheid. Klar?"

„Sehr wohl, Herr Oberstleutnant." Der Roboter verschwand. Zef Erpman schlenderte zur Bar und bestellte sich ein Bier. Er kannte niemanden.

Der Salon Zarifa war einer der kleineren Räume des Casinos, doch für zwanzig Leute bot er mehr als genug Platz. An den Wänden hingen Holos, die die anwesenden Crew-Mitglieder so zeigten, wie sie vor 50 Jahren ausgesehen hatten. Außerdem war noch ein großes Gruppenbild zu sehen mit allen 45 Absolventen im losen Haufen: jung, fröhlich, stolz und zuversichtlich. Nach einem längeren Begrüßungsreigen hatten sich die Jubilare an den großen runden Tisch gesetzt. Dara, deren graues Kurzhaar von roten Spiralen verziert wurde, ließ mit einem Glöckchen die einzelnen Gespräche verstummen. Es wurde offiziell.

„Liebe Freundinnen und Freunde! Auf Anregung unseres ideenreichen Zefs finden wir uns da wieder, wo vor einem halben Jahrhundert unsere Laufbahn in der Expeditionsflotte begann, wo unser Zuhause war, wo wir uns kennenlernten. Ich meine, er hat sich für die Idee, uns hier erneut zusammen zu bringen, einen Applaus verdient."

Lächelnd zeigte sie auf ihn, als ob ihn noch keiner erkannt hätte. Das Klatschen, Klopfen, Zurufen und Zuprosten folgte prompt. Erpman dankte nickend und mit sanft abwehrender Geste.

„Wir alle haben seitdem viel erlebt", fuhr Dara fort. „Wenn ich mir das ansehe", sie deutete auf die vor ihr liegenden Folien, „dann wird nochmal in aller Deutlichkeit klar, welchen riskanten Job wir hatten und was für Glück wir haben mussten, um uns heute wiederzusehen. Viele haben ihr Leben gelassen, vermutlich auch die, die seit Jahren als verschollen gelten..."

„He, Dara, schau dir meine Tränensäcke an", unterbrach Quor grob. „Ich bin heute nicht gekommen, damit sie noch dicker werden. Natürlich lieben wir unsere toten Helden, noch mehr als die lebendigen, aber ich find's lustiger, wenn wir zum Beispiel von dir erfahren könnten, was du nach Abschluss deiner großartigen Karriere alles angestellt hast."

Dara beeilte sich, erst gar kein betretenes Schweigen entstehen zu lassen.

„Wir wissen, dass du noch nie ein besonders mitfühlender Zeitgenosse warst, Quor. Aber die Tränensäcke sind dein Problem, niemand zwingt dich, sie mit dir herumzutragen. Was die Lustigkeit angeht, so wirst du bestimmt noch auf deine Kosten kommen. Doch entschuldige bitte, dass ich fortfahre. Ich würde jetzt auch deinen Namen nennen, wenn du draufgegangen wärst."

„Bravo!" assistierte Haimun, die Jahrgangsdritte von ehedem, und klatschte in die Hände. Einige andere klatschten auch und warfen Quor böse Blicke zu. Quor, der ewige Griesgram, lehnte sich zurück und schien die Situation, weil sie ihn an frühere Rollenspiele erinnerte, zu genießen.

„Betroffenheitsfanatiker", raunzte er und sah zur Decke hoch. Erledigt. Dara nannte die Namen der Toten und Verschwundenen, die Umstände ihres Scheiterns, die Ziele ihrer letzten Missionen, die Namen der Schiffe, die Anzahl der mit ihnen Verstorbenen oder Verschollenen. Beim letzten Namen fragte Quor nach.

„Wann, sagst du, war das mit Horner?"

„Vor genau sechsundzwanzig Jahren."

„Ja, stimmt, ich erinnere mich. Das haben wir doch eigentlich alle mitbekommen, oder? Und ich glaube kaum, dass irgend einer von uns allzu traurig gewesen sein wird. Der blöde kleine Angeber. Es hat mich gewundert, dass er so lange überleben konnte."

„Er gehörte zu unserer Crew, Quor."

„Ja, klar. Aber er war eine Niete. Als er durchkam, vor fünfzig Jahren, habe ich mich dafür geschämt. Ich weiß, dass ich auch nicht sonderlich beliebt war, spart euch das, aber Horner war nicht nur unbeliebt, er war auch unfähig, ein Wurmfortsatz, der durch

Dreistigkeit wettmachte, was ihm an Talent fehlte. Er war eine Schande."

„Du bist unerträglich, Quor!" fauchte Haimun.

„Sicher, ihr Weiber konntet eure Mutterkomplexe an ihm abreagieren. Aber er war eine Gefahr. Wie viele hat er mitgerissen, als er blindlings auf dieser Parasitenwelt landete? Zehn? Zwanzig?"

Das Gemurmel am Tisch wurde lauter.

„Nur weil du eine respektable Bilanz aufweisen kannst, hast du noch lange nicht das Recht..."

„Natürlich habe ich das Recht! Ich habe nämlich unsere Ausbildung ernst genommen, wie die meisten von uns. Aber Horner vergaß alles, wenn es darauf ankam, und wie er die Prüfungen bewältigt hat, ist heute noch ein Rätsel für mich. Wieso konnte er die Auswertungen der Messsonden nicht abwarten? Messen, Spähen, Landen, heißt die Reihenfolge. Aber dieser Wicht musste lospreschen."

„Aber er hat sich geopfert..."

„Es blieb ihm ja nichts anderes übrig. Und er hat ein paar Dutzend Unschuldige und das Schiff mitgeopfert. Wirklich heldenhaft."

„Das ist jetzt gehässig... es stimmt... Horner war verantwortungslos... ist doch schon so lange her..."

Der Streit war entfacht.

„Du bist zu tief, Horner!"

Die beiden Spähgleiter zogen mit geringer Geschwindigkeit über die sumpfige Küstenregion. In den zahllosen Buchten, die sich wie eine fein ausgefeilte Kammstruktur aneinander reihten, schillerten blaugrüne Kreise.

„Ich muss mir das ansehen. Ich will's wissen. Der Gleiter ist stabil, Mann - hast du Schiss oder was?"

„Das sind Blasen. Die gehen hoch wie Bomben. Du kannst natürlich reinspringen, wenn du's so genau wissen willst."

„Vielleicht tu ich's."

Horners Gleiter ging noch ein bisschen tiefer, wurde noch langsamer und verharrte schließlich über einem der größeren Tümpel, in dem ein halbes Dutzend runde Flächen schimmerten und blubberten.

„Kannst du ihm nicht ins Steuer greifen, Telli?" fragte Dara, die neben Quor in dem Gleiter saß, der nun rund hundert Meter darüber Halt machte, ins Mikro. „Das ist wirklich nicht ganz ungefährlich."

„Ich glaube nicht, dass es so gefährlich ist", kam die Antwort.

„Lass sie doch. Sie wollen's wissen. Ich weiß es jetzt schon."

Quor grinste und machte eine runde Handbewegung. Er sah es vor sich: Eine der Blasen stieg auf und platzte, das Methan, das unter dem hohen Druck dort unten flüssig war, spritzte hoch und ergoss sich über Horners Gleiter... Und in dem Augenblick passierte es wirklich.

Doch es war nicht ein bloßes Platzen. Die Blase mit einem Durchmesser von über dreißig Metern öffnete sich vielmehr und schnellte ihre flüssigen Arme gezielt in Richtung des Flugzeugs ab, wo sie sich wie Tentakel ums Heck schlossen und offenbar nach unten zerren wollten.

Horner reagierte schnell, aber nicht schnell genug. Als er gesehen hatte, wie die Blase an die Oberfläche kam, hatte er den Gleiter kurz anrucken lassen, so dass ihn die Fangarme nicht mehr ganz fassen konnten. Aber nun hing er doch fest. Die Motoren liefen voll, doch das, was man bis eben noch für Flüssigkeit gehalten hatte, zeigte sich plötzlich zäh und geradezu muskulös, und es zeigte die recht eindeutige Absicht, den Gleiter in den Sumpf zu ziehen.

Leutnant Merk griff ein. Sein Führungsboot packte den Gleiter mit Kraftfeldern, denen die Blasententakel nicht gewachsen waren, und zerrte ihn nach oben, bis die Methanarme rissen und, jäh in große Tropfen zerteilt, herunter fielen.

Später, beim Mittagstisch, zeigte sich Horner gut aufgelegt.

„Wie hätten nie erfahren, dass das Zeugs da lebendig ist, wenn ich es nicht provoziert hätte. Oder irre ich mich?"

„Vielleicht hätten wir zusehen sollen, wie es dich verschlingt", entgegnete Quor, „um daraus einige Rückschlüsse auf seinen Metabolismus zu ziehen. Aber Merk ist heute etwas knickerig."

„Natürlich weiß man längst, dass die Gallertmasse da eine primitive Lebensform darstellt", korrigierte Dara nüchtern. „Merk hat doch nur darauf gewartet, dass einer von uns leichtsinnig wird. Wir haben die Sondendaten nicht gut genug ausgewertet."

„Wir hätten die Sonden tiefer gehen lassen sollen und mit den Gleitern noch warten", schlug Telli vor. „Wir hätten auch irgendwas runterwerfen sollen und beobachten."

„Sage ich doch: Wir hätten Horner runterwerfen sollen und sehen, was diese Sumpfquallenblasen mit ihm machen."

Horner lachte. Laut und hektisch, wie immer. „He, Quor, du Fiesling - du magst dich vielleicht für schlau halten, aber ich bin mutiger und schneller als du, und so wird es immer bleiben. Wollen wir wetten?"

Der große, dunkelhaarige Quor sah ihn nicht an, aß weiter und quetschte dabei ein paar Worte durch die Zähne.

„Fahr zur Hölle, Zwerg!"

Zef Erpman erhob sich, hielt mit der rechten Hand seinen großen Sektkelch hoch und schlug mit der flachen linken auf den Tisch.

„Es ist großartig, dass wir so schnell wieder zueinander gefunden haben und uns von unseren Erinnerungen dirigieren lassen." Er lächelte beglückt, und alle wussten, dass er es nicht ironisch meinte, denn Zef war kein Ironiker. „Ich weiß nicht, wie's euch geht, aber ich fühle mich gerade ein paar Jahrzehnte jünger."

Ein paar Lacher. Ein knappes Dutzend Jubilare saß noch am Tisch. Einige drückten sich paarweise an den Hologrammen herum, Flaschen und Gläser in den Händen, andere waren schon zur Bar gegangen.

„Und in wenigen Stunden wirst du dich wie ein Kleinkind fühlen." Quor natürlich.

„Und wenn schon. Ich bin ja nicht allein. Aber eins will ich noch unbedingt herausstreichen. Ich habe schon mit ihm gesprochen, die meisten von euch haben sich noch nicht getraut oder ihn noch gar nicht wahrgenommen, falls mich nicht alles täuscht. Wir haben nämlich einen unter uns, der damals Gart Schem hieß, zehn Jahre später den Dienst quittierte und anschließend als Publizist Karriere machte. Jetzt heißt er Phi Garter - und da ist er, los, Gart, mach dich deutlich!"

Zef klatschte vor, einige klatschten nach. Tatsächlich war man großenteils erstaunt, einen Prominenten dabei zu haben, den man bislang noch nicht zur Kenntnis genommen hatte. Wie war noch mal der Name?

Garter gab sich pikiert.

„Also wirklich, Zef, wenn du nicht so ein verflucht lieber Mensch wärst. Muss das denn sein? Ich hatte eigentlich gehofft, hübsch anonym inmitten wogenden Illiteratentums hier ein bisschen wegschlucken und dann verschwinden zu können. Du hast mir das jetzt verpfuscht."

Man goutierte den netten Satz und prostete ihm zu.

„Ja, jetzt erkenne ich dich", meldete sich Bredarr zu Wort. „Wenn Quor nicht gewesen wäre, hättest du den ersten Preis als Misanthrop gewonnen. Stimmt's?"

Gart stand auf. „Ich muss mal pissen. Zef kann für mich antworten." Und ging. Gelächter.

„Stimmt", bekräftigte Zef. „Und wisst ihr, womit er inzwischen berühmt geworden ist? Na, mit misanthropischen Schriften."

Der Raum war klein und quadratisch, nicht ungemütlich. Nur das Licht war fahl, und die Verteilung der Sitzgelegenheiten unangenehm demonstrativ. Gart Schem saß auf einem alten Hocker vor dem flachen Tisch, seine drei Gesprächspartner auf bequemen Sesseln dahinter.

„Sie haben sich Zeit gelassen mit Ihrer Erkenntnis, Schem."

Es war der Älteste von ihnen, der in der Mitte saß und offenbar das Wort führte. „Woran kann es gelegen haben, so fragen wir uns, dass Sie erst Zweiter Offizier werden mussten, um zu erkennen, dass Sie den Expeditionsdienst verabscheuen?"

Er hatte gewusst, dass es kein Zuckerschlecken werden würde. Aber diese ölig umhüllte Aggressivität, dieser klare Ansatz zu einem Verhör, an dessen Ende er, Gart Schem, als Anti-Idealist entlarvt, als Abtrünniger des menschheitsverbindenden Konsensus in die Ecke gestellt und als hässlicher Abschaum klein gemacht stehen und zittern sollte, missfiel ihm schon jetzt.

„Ich darf Sie zweifach korrigieren, Herr Oberst. Erstens ist es eine Grundvoraussetzung jeglicher Erkenntnis, dass sie Zeit braucht, sonst könnte man sie ja erzwingen. Zweitens verabscheue ich den Dienst nicht. Aber ich kann mich mit seinen Zielsetzungen nicht länger einverstanden erklären."

Der Oberst verharrte ein paar Sekunden, dann nickte er großzügig.

„Gut. Ich akzeptiere Ihre Einwände. Zumindest ihre Konstruktion akzeptiere ich. Fügen wir diese zwei Punkte doch wieder zusammen. Also Ihre Erkenntnis, dass Sie sich mit unseren Zielen nicht mehr identifizieren können. Würden Sie uns das bitte konkretisieren, vor allem in der Hinsicht, inwieweit eine Identifikation zuvor gegeben oder nur angenommen worden sein mag?"

„Die Antwort darauf ist einfacher, als es die Fragestellung ahnen lässt. Natürlich bewarb ich mich in der Annahme, zukünftig neue geistige und physische Territorien erkunden zu können. Jugendliche Neugier mit einem Schuss Abenteuerlust, wenn Sie so wollen. Die Kadettenschule hatte mir kaum etwas davon nehmen können, es sei denn, dass mir die militärische Ausrichtung des Dienstes nicht ganz behagte."

„Inwiefern?" schaltete sich der Jüngere zur Linken ein. „Was die Äußerlichkeiten der Disziplin angeht? Die Geordnetheit des analytischen Denkens, um auf jedwede Situation vorbereitet zu sein? Oder das hierarchische System, das sich aus Erfahrungsgraden ableitet?"

Du kannst dir deine vorgeschützte Subtilität sonstwohin schmieren, dachte Gart.

„Alles", sagte er. „Diese Trias ist allerdings aufsteigend. Die äußerliche Disziplin ist das geringste Problem, da es akzeptabel ist, wenn die erforderliche Flexibilität vorausgesetzt werden kann. Analytisches Denken braucht hingegen keine vorgegebene Ordnung, sondern nur einen entsprechenden Wissensfundus, der individuell systematisiert ist. Ich bin Mediziner und Psychologe und weiß daher, dass es die Situation selbst ist, die die Anpassung vornimmt, und dabei ist des öfteren unorthodoxes Denken verlangt, eher als kategorisches. Darüber erhebt sich das dritte Problem: Erfahrungen sind nur insofern ein Vorteil, als man sie situationsbedingt zu nutzen weiß. Ein Dienstgrad sagt hierüber natürlich nichts aus."

Wieder schwieg der Oberst einen Moment, bevor er generös nickte. Der Jüngere zur Linken machte sich Notizen. Nun war die Frau an der Reihe.

„Wir wissen, dass Sie zu argumentieren verstehen, und es ist auch nicht so, dass wir Ihnen das vorwerfen würden. Wir möchten nur erkennen, warum Sie jetzt, nach zehn Jahren Dienstzeit, so unvermittelt das Handtuch werfen. Es hat den Anschein, dass Sie sich eine Philosophie zurechtgedacht haben, die sie dazu bewegt. Können Sie uns diese Philosophie kurz erläutern?"

Oha! Vorsicht!

„Ich will es versuchen. Ich erinnere mich, mir Hoffnung gemacht zu haben, Verwendung als Exopsychologe zu finden. Nun, diese Hoffnung hatte mich die Kadettenschule durchstehen lassen, aber sie ist bis zum heutigen Tag nicht erfüllt worden. Dafür konnte ich allerdings unerwartete Einblicke in unser eigenes Verhalten nehmen, das von Ängsten, Ideosynkrasien und Paranoia gezeichnet ist. Gerade fernab vom gewohnten Kulturkreis ist die traumatische Prägung unserer Besatzungen phänomenal. Es braucht nur den sprichwörtlichen Fingerschnipps - und alles fliegt auseinander."

„Tatsächlich?"

„Ja. Die Ex-Schiffe, auf denen ich war, glichen wenige Wochen nach dem Start geschlossenen psychiatrischen Abteilungen. Ohne dass wir allzu erstaunliche Entdeckungen gemacht hätten. Die tatsächlichen Entdeckungen waren introspektiver Art."

Der Oberst: „Das ist aber merkwürdig, Schem, dass wir das heute von Ihnen hören, ohne dass wir etwas Ähnliches schon mal gehört hätten, von wem auch immer."

„Es könnte natürlich sein, dass ich besonders empfindlich bin. Aber ich glaube nicht, dass ich es bin. Ich glaube vielmehr, dass in Ihren Schiffen zuviel unter den Teppich gekehrt wird. Und solange das so ist, sollten wir eigentlich nicht ins All fliegen, sondern erstmal unsere Hausaufgaben machen, um es vergleichsweise gewöhnlich zu formulieren. Das ist meine Philosophie."

„Sie bezweifeln die Qualität unserer Ausbildung?"

„Nein. Ich bezweifle die Qualität des Menschen."

Das erste Buch, das Phi Garter ein paar Jahre später herausbrachte und das ihn bekannt machte, da er hierin ein Geringes in den Zusammenhang des Nichts stellte, hieß dann auch: „Die Qualität des Menschen".

In grellem Weiß strahlte Sheratan vor ihren Augen. Von Filtern abgedämpft ließ die rund einen Meter große Kugel mit ihrer wabernden, von gewaltigen elektromagnetischen Kräften durchwalk-

34

ten Oberfläche gleichwohl den Eindruck entstehen, sie verdaue mit Hingabe eine stattliche Beute und werde, von neuen Nährstoffen getrieben, demnächst ihren Umfang erweitern.

„Sheratan. Beta Arietis. Mein Schicksal."

Essem Ash hatte die Aufnahme, die da im Holo lief, vom Archiv abgerufen. So viel Service für die Veteranen war selbstverständlich. Nun stand er da und glotzte, und die anderen mit ihm: Zef, Bredarr, Haimun und ein paar andere. Sie hatten Jahrzehnte verbracht mit den Studien von Welten, mit den Untersuchungen von Sternen, Planeten und der Leere dazwischen. Und immer noch hefteten sich ihre Sinne und Seelen, voraussetzungslos und nahezu kleinkindhaft, an Anblicke wie diesen. Die unstillbare Sehnsucht, etwas zu fassen, das nicht zu fassen war.

„Wir hatten die Sondendaten vorliegen. Wir waren weit genug weg - dachten wir. Aber zwanzig Lichtminuten waren nicht weit genug. Auch dreißig, fünfzig wären nicht weit genug gewesen. Damals steckte die Transenergiemessung noch in den Kinderschuhen. Mein Pech."

Er lächelte. Zef glaubte, dass es ein verzeihendes Lächeln war, das der gewaltigen Sonne galt: Du hast keine Schuld. Wir waren nur zu dumm, zu unerfahren.

„Es waren ungeheure Emissionen", fuhr Ash fort. „Hochfrequenzbereich. Röntgenstrahlung. Jede Menge davon. Und noch darüber hinaus. Das merkten wir erst später, als wir längst woanders waren. Ich stritt mich mit einem Spezialisten, es ging um die Kurzwellenmuster Sheratans. Er hatte merkwürdige Überlagerungen festgestellt und meinte, es sehe so aus, als ob da nicht nur eine Sonne strahlte, sondern noch eine zweite, ein blauer Zwerg, der sich theoretisch im Kern Sheratans befinden müsste. Was natürlich ausgemachter Blödsinn war, obwohl er ja auf der richtigen Spur lag. Ja. Und dann zerplatzte sein Gerätepult. Einfach so."

„Und da wusstest du..."

„Ich wusste noch gar nichts. Aber von da an gab es immer wieder Zwischenfälle. Immer wenn ich mich erregte, ging etwas zu Bruch oder wurde sogar vollkommen atomisiert, ohne dass ich es angefasst hätte. Das wurde dann auffällig. Ich wurde zum Risiko. Das war's schließlich."

Die anderen nickten. Inzwischen wusste man es besser. Unkontrollierte Parakinese, hieß der Befund. Unter Hunderttausenden von Organismen gab es einen, der auf Transenergie reagierte, der davon verändert wurde. Essem Ash war so eine Ausnahme, er war zum Mutanten geworden. Ein Mensch unter Hunderttausenden, ein Stern unter Millionen - sie hatten sich getroffen.

„Hast du, meine Liebe, nicht ebenso wie ich den Eindruck, dass wir ein alberner, kindischer Haufen geworden sind?"
„Nein, den Eindruck habe ich gewiss nicht."
„Wir machen uns noch immer vor, was Großartiges zu sein. Aber in Wahrheit sind wir verbraucht und hoffnungslos. Wir hatten uns vorgestellt, das Universum zu erforschen. Wir wollten Sternensammler sein, Entdecker, Abenteurer, Berühmtheiten. Und was ist davon geblieben? Eine Anzahl mehr oder weniger idiotischer Erinnerungen, die wir uns gegenseitig an den Kopf werfen. Wirklich großartig."
„Was verlangst du? Ein triumphales Fest mit Grußworten und Urkunden von Ministern, mit Sonderberichterstattung der Medien?"
„Ich verlange nur ein bisschen mehr Realitätsbewusstsein."
„Hör zu, Quor. Wir waren einer der ersten Jahrgänge des Ex-Dienstes, wir waren Pioniere. Wir haben Sterne kartografiert, die heute zum Basiswissen aller Navigatoren gehören. Wir haben unter Opfern Gravitationssenken und Strahlungszentren entdeckt und markiert. Wir haben Routen ausgekundschaftet, wir haben Planeten erschlossen, auf denen sich noch immer die Geologen, Biologen und Ozeanografen austoben, wir haben die Grundlage geschaffen, auf denen nachfolgende Generationen aufbauen konnten und können. Was willst du noch mehr?"
„Weniger Pathos, Dara. Du gehörst zu den Pathetischsten."
„Du verleugnest deine Menschlichkeit. Du verleugnest den Traum, der allem zu Grunde liegt, mit dem die Zivilisation begann. Das Staunen, das Rätseln, das Sehnen und Suchen."
„Ja, ja. Große Worte für kleine Impulse. Damit überdecken wir unsere Ignoranz. Ich stelle fest, du hast dich mit den bemerkenswerten Thesen unseres geschätzten Gart Schem alias Phi Garter überhaupt nicht auseinander gesetzt."

„Ich habe ihn gelesen. Und ich finde nichts so Bemerkenswertes an dem, was er schreibt. Er ist prinzipiell negativ und nihilistisch. Das mag interessant sein für den, der etwas gegen euphorische Ideen hat und seinem Skeptizismus keinen eigenen Ausdruck zu geben vermag, aber es ist im Kern uralt, der zwanghafte Widerspruch aus Prinzip, und daher ist es reaktionär. Gart ist ein Miesmacher, so wie du."

„Hört, hört!"

„Ja. Aber er war wenigstens konsequent. Im Gegensatz zu dir. Du hast die ganze Zeit gegen deine Überzeugungen gehandelt, du warst im Dienste eines Gedankens tätig, der dir zuwider ist. Du hast nur keine Alternative gesehen, und darum hast du es gemacht, und zwar recht gut sogar. Deswegen verachtest du dich. Und deswegen bist du zynisch."

„Ach ja. Nun, meine Liebe, wie würdest du dein Verhalten nennen, damals, bei unserem letzten Testeinsatz an der Prokyon-Dunkelwolke? War das etwa nicht zynisch?"

„Ich weiß nicht, was du meinst."

Zef Erpman und Essem Ash erschienen an der Bar. Quor sah sie und winkte sie her.

„He, ihr zwei kommt gerade recht. Vor allem du, Essem, du warst es doch, der zusammen mit Gart in der Wolke verschwand, bei Prokyon vor fünzig Jahren - oder etwa nicht?"

Ash schien kurzzeitig zu erstarren. Sein Blick wechselte von Quor zu Dara und wieder zurück. Dann schloss er die Augen und nickte.

Dara sagte: „Ich habe keine Ahnung, wovon du sprichst. Wir sollten besser das Thema wechseln."

In der kleinen Zentrale war es still. Nur das feine Säuseln der Klimaanlage und der Rechner war zu hören. Dara und Quor saßen vor der Leitkonsole. Er kontrollierte die Anzeigen. Sie las in ihrem Handbuch.

„Huch", sagte er halblaut.

„Was ist?"

Er drückte eine Taste. Zweimal, dreimal. Dann schüttelte er den Kopf.

„Kontakt ist abgerissen. Ortung weg. Datentransfer weg."

Dara legte ihr Handbuch zur Seite.

„Was soll das heißen, Quor?"

„Habe ich mich unklar ausgedrückt? Ich sagte: Der Kontakt ist abgerissen - die Wolke hat sie verschluckt!"

„Aber... wie ist das möglich?"

„Moment mal." Er schaltete erneut, sah auf die Monitore und prüfte die Aufzeichnungen. „Ich korrigiere: Sie haben sich verschlucken lassen. Die letzten Daten verraten, dass die Motoren aktiviert wurden. Sie sind geradewegs hineingeflogen."

„Das war aber nicht..."

„Genau. Das war nicht vorgesehen. Sie haben auch nichts dergleichen angekündigt. Der Antrieb muss sich selbständig aktiviert haben. Womöglich ein Defekt."

Wieder war Stille. Sie sahen sich an.

„Jedenfalls sind sie jetzt erst einmal weg vom Fenster", stellte er trocken fest. „Falls sie wirklich Probleme mit dem Antrieb haben, kommen sie da so schnell nicht wieder raus."

„Wir müssen Merk benachrichtigen!"

„Quatsch. Wer sagt dir, dass der das nicht inszeniert hat? Der wartet womöglich nur auf unseren Hilferuf, um uns dann runtermachen zu können."

„Das glaube ich nicht. Das wäre viel zu gefährlich. Keiner weiß, wie es in der Wolke aussieht. Er würde nicht das Leben von zwei Kadetten aufs Spiel setzen."

„Wenn du mich fragst, hat er das schon öfters getan."

„Aber was sollen wir jetzt machen?"

„Tja - ich denke, wir fliegen hinterher."

„Bist du verrückt? Da drin ist weder Funk noch Ortung möglich. Wir würden sie nicht finden. Es wäre sinnlos."

„Sinnlos? Wie war das eben mit dem Leben von zwei Kadetten?"

„Vielleicht hast du Recht, und es ist nur eine Falle, die uns Merk stellt. Vielleicht will er nur testen, ob wir leichtsinnig sind."

„Ach, plötzlich doch? Dein Gesinnungswandel ist mir ein bisschen zu abrupt, Dara. Du hast Angst. Du willst dich drücken."

„Nein. Ich will nur nichts überstürzen. Wir müssen die Ruhe bewahren..."

„Nichts da! Wir müssen uns sofort entscheiden, denn je tiefer die zwei in die Wolke eindringen, desto geringer wird die Chance, sie wieder rauszuholen - wir müssen sofort hinterher!" Ohne abzuwarten beugte er sich über die Konsole und programmierte die Steuerungssysteme.

„Was machst du da?"

„Ich nehme dir die Entscheidung ab..." Er sparte sich das Wort, das er eben noch hatte aussprechen wollen. Es war keine Zeit mehr für einen anhaltenden Streit. „Wir gehen auf die Position, die sie zum Zeitpunkt des Kontaktabbruchs hatten. Ich rekonstruiere den Impuls, der sie in die Wolke trieb. Wir nehmen den doppelten Wert, damit wir sie einholen. Dann bauen wir ein frontales Fesselfeld auf. Wenn wir Glück haben und sie auf Kurs geblieben sind, schnappen wir sie."

Dara sagte nichts. Sie sah ihm zu, wie er arbeitete, und lehnte sich zurück. Es ging los.

„Ich wusste gar nichts davon", sagte Zef.

„Natürlich nicht. Es blieb unter uns. Merk, der damit tatsächlich nichts zu tun gehabt hatte, bekam einen schönen Bericht. Wir hatten Glück und bekamen eine gute Wertung - Dara, der Inbegriff der Menschlichkeit und Tapferkeit, und ich, der Zyniker. So viel dazu."

Essem Ash hatte während der Erzählung von Quor mehrmals die Gesichtsfarbe gewechselt. Die Erinnerung hatte ihn im Griff.

„Es war schrecklich. Wir konnten die Motoren nicht desaktivieren. Wir waren abgeschnitten und hilflos. Die halbe Stunde, die Quor brauchte, bis er uns hatte, war wie eine Ewigkeit. Gart und ich, wir... und du kannst dich nicht mehr erinnern, Dara?"

Ihr Gesicht war unbewegt. Sie sah niemanden an.

„Ich denke, wir haben alle mal Fehler gemacht. Wir sollten heute abend besser an positive Erlebnisse zurückdenken."

„Also kannst du dich doch erinnern?" hakte Ash nach, der nun mit leiser Stimme sprach und sehr blass aussah, wie Zef Erpman nicht ohne Sorge bemerkte.

Dara hatte offenkundig Schwierigkeiten, die passenden Worte zu finden. „Ich weiß nicht... ich denke, wir sollten heute abend besser an positive Erlebnisse zurückdenken..."

Eine Veränderung ging mit ihr vor.

Essem Ash hatte die Augen geschlossen.

Plötzlich ging es sehr schnell: Dara sackte zusammen, ihr Körper verlor die Form, schien sich aufzulösen. Zef wich vor Entsetzen zurück. Ein Schrei kam von irgendwoher. Alle Gespräche hörten auf, es wurde still an der Bar. Quor schien zur Salzsäule erstarrt. Ash war in die Knie gesunken, die Hände vor dem Gesicht. Dara war nur noch ein vibrierendes Hautbündel, das am Boden lag.

Der Robot-Keeper hatte seine Verrichtungen hinter der Theke eingestellt. „Ich möchte alle Anwesenden bitten, an ihren Plätzen zu bleiben", sagte er ruhig. „Standortpolizei und Sanitätsdienst wurden von mir alarmiert und werden sogleich eintreffen."

Zwei Bedienungsroboter waren schon da und begutachteten den kümmerlichen Dara-Rest. Ganz offensichtlich wussten sie nicht, was sie damit anfangen sollten. Sie begriffen die Situation ebenso wenig wie Zef, der den Eindruck hatte, plötzlich in einen Albtraum geraten zu sein.

„Ich... ich war es."

Alle sahen nun auf Essem Ash, der langsam aufstand, den Blick auf die leblose Masse am Boden gerichtet.

„Sie hat sich nicht einmal entschuldigen wollen. Nicht einmal das. Da... da habe ich die Nerven verloren, es tut mir schrecklich leid. Ich... habe sie getötet."

„Nein, das hast du nicht, Essem." Quor legte ihm die Hand auf die Schulter. Ash starrte ihn verständnislos an.

„Du hast sie nicht getötet", bekräftigte Quor und schüttelte den Kopf. „Du kannst es gar nicht getan haben, denn sie war gar nicht hier."

Er setzte ein breites Grinsen auf. Dann streckte er den rechten Arm aus und zeigte nach unten. „Schaut doch mal genau hin, ihr Idioten. Es war ein Androide. Was du mit deiner durchgedrehten Para-Veranlagung zerstört hast, war sein Metallskelett, und was du da unten siehst, ist der übrig gebliebene Kunststoff. Sie hat uns zum Narren gehalten, die liebe Dara, weiter nichts."

Die allgemeine Sprachlosigkeit hielt noch einen Moment an, um dann in ein lautes, hektisches Stimmengewirr umzuschlagen.

Ja, dachte Zef, er hat Recht. Dara hat uns getäuscht. Sie hatte gar keine Lust, uns zu treffen. Andererseits musste sie sich blicken lassen, weil ein Fernbleiben für sie einer Niederlage gleichgekommen wäre. Darum hat sie ihr Simulakrum hierher geschickt. Ein verdammt gutes Simulakrum allerdings.

Quor stützte den zitternden Ash, der immer noch nicht fassen konnte, was soeben passiert war.

„Kopf hoch, alter Junge", ermunterte er ihn. „Die Sanis werden sich gleich um dich kümmern. Sie hat Angst vor uns gehabt, oder was meinst du, Zef?"

Zef nickte. Angst vor der Begegnung mit der eigenen Vergangenheit, dachte er. Vielleicht habe ich die auch. Manches liegt darin, was nicht angenehm ist.

„Wo steckt eigentlich unser alter Kumpel Gart Schem?" fragte Quor in die Runde. „Er ist eben wieder einmal bestätigt worden. Man bildet sich sonstwas auf sich ein, große Weltraumpioniere und so weiter, und dann schickt man eine Kopie vor, um lachhaften Peinlichkeiten aus dem Weg zu gehen. Zu komisch, das alles - he, Barkeeper, die Lage hat sich geklärt, wie du vielleicht gemerkt hast, da dürfen wir doch wieder trinken, oder wie ist das?"

„Selbstverständlich dürfen Sie trinken", antwortete der Roboter. „Was darf ich Ihnen bringen?"

Als Zef Erpman einige Stunden später nach Hause kam, war eine Nachricht für ihn eingetroffen. Er las:

„Ich grüße dich, Zef. Ich weiß, was passiert ist. Zuerst möchte ich mich bei dir entschuldigen, weil du es warst, der sich um das Treffen so gekümmert hat. Es ist mir klar, dass ich euch enttäuscht und betrogen habe. Ich habe meinem Simulakrum die bestmögliche Verhaltensmatrix und umfangreiche biografische Daten gegeben, aber ausgerechnet an den Prokyon-Zwischenfall habe ich dabei nicht gedacht. Der Betrug wurde aufgedeckt, und es geschieht mir recht. Die Wahrheit ist, dass ich inzwischen genauso denke, wie Quor und Gart schon immer gedacht haben. Wir tummeln uns im Weltraum, versuchen die Rätsel des Universums zu lösen - und dabei sind wir uns nicht einmal über uns selbst im Klaren. Es ist pure Ironie: Damals war ich noch ein naives Mädchen, und dennoch war ich die Beste. Irgendein Fehler steckt in diesem System, aber ich bin jetzt zu alt und zu zerrissen, um ihn zu entdecken. Es gibt nichts mehr, an was ich noch glauben könnte. Nein, ich hätte es nicht ertragen, euch zu begegnen. Bitte habe dafür Verständnis, Zef. Und bitte versuche nicht, mit mir in Kontakt zu treten. Ich möchte mit nichts und niemanden mehr etwas zu tun haben. Deine Dara."

Nur langsam, scheinbar zögerlich, kommt es von Osten her in die Stadt. Zuerst mit zarten, vorsichtigen Fasern. Tastend und auskundschaftend. Dann wachsend, die Fasern zu Bündeln, zu flachen, breiten Strängen formend. Über die Bundesstraße eindringend. Ein wabernder, irisierender, bleicher Vogelaugen-Nebelfluss.
Vorbei an Sportplatz und Freibad - und schon ist der Rasen wie das Wasser wie die Aschenbahn wie der verbindende Fußweg zu einem weißkalten Magma geworden, hier und da von grauen Strähnen durchzogen. Dumpf leuchtend, schwerelos, überallhin: über Fahrbahnen, Bürgersteige, Bahngleise, Uferböschungen, Kies, Schotter, Friedhofswege, Gullideckel, Türschwellen, Fußböden.
Lautlos, haltlos quillt es umher, in breiten Strömen, dünnen Schlingen, gelassenen Bögen, verspielten Kringeln und haarfeinen Kräuselungen. Bedeckt, was zu bedecken ist.

Frau, großes Wohnzimmer: Freundlich, ja sehr freundlich. Keine unnötigen Schwierigkeiten bereiten, natürlich nicht. Wirklich lieb. Nur eine höfliche Bitte. Wenn weiter nichts. Aber nicht ganz einfach. Gewissermaßen ein Problem. Die Einsame-Insel-Frage. Noch nie entscheiden können. Sollte ja sehr bedeutend... ach, nicht? Nur nach meinem Geschmack? Ganz frei? Ja nun... was hab ich denn letztens... weiß gar nicht mehr. Muss erst nachsehen. Hannelore hat es mir empfohlen. Völlig verrückt, sehr komisch. Manchmal weiß man gar nicht, was es eigentlich. Aber amüsant. Ja, sehr kurzweilig. Sagt auch Hannelore. Also schauen wir mal. Da ist es. Von diesem Italiener. Soll ich gleich anfangen? Nein, macht mir natürlich nichts. Wirklich rücksichtsvoll. Ja, ich mach es mir gleich bequem. Ja.
(Du schickst dich an, den neuen Roman Wenn ein Reisender in einer Winternacht von...)
Nein, das war es doch nicht. Das da war es. Von dem Russen. Ist mir wirklich... ich bringe immer was durcheinander. Also.

43

(An einem heißen Frühlingsabend erschienen bei Sonnenuntergang auf dem Patriarchenteichboulevard zwei...)
Ach nein, nein. Ich fange lieber mit dem zweiten Kapitel an. Jetzt aber.
(Angetan mit einer blutrot gefütterten weißen Toga, erschien mit schlurfendem Reitergang eines frühen Morgens, am Vierzehnten des Frühlingsmonats Nissan, im überdachten Säulengang zwischen den beiden Flügeln des Palastes Herodes' des Großen der Prokurator von Judäa, Pontius Pilatus...)

Wasserloser Strom. Streichelnde amorphe Schlangen winden sich durch die Stadt, kosen Marktplatz, Stadtpark, Fußgängerzone. Unbestaunt umspülen sie Rathaus, Kaufhäuser, Schulen, Universität, Bibliothek. Flache, flüssig scheinende Wundertiere ohne Zahl, Geschlecht, Kopf und Ende. Gestaltlose, doch wahr gewordene Idee Neptuns: silbrig lebendige Herde, unhaltbares Massenwesen, das die Linien und Farben des Bodens verwischt, vertilgt, auslöscht, die Häuser von ihren Fundamenten befreit, Welt von Erde trennt. Ein ebnendes wie separierendes Nebellaken.
Alles Flache ist bedeckt, alles Hohe zum Schweben gebracht, entbunden.
Neue magische Welt ohne Grund.

Frau, kleines Nebenzimmer: Du Lieber! Immer habe ich auf dich gewartet, an dich geglaubt, nie gezweifelt! Endlich! Ich wußte... ja, verzeih mir, ich will es gleich tun, du mein Lieber, du kommst von weither, du musst erschöpft sein... nein, protestiere nicht, schau mich an, ich will dir neue Kraft geben, ich will... ja, verzeih, gleich werde ich tun, wie du sagst, nur einen Moment noch, ich bin so erregt, schau her, kannst du nicht Gestalt annehmen? Nein? Aber warum nicht? Warum bist du so seltsam... nein, geh nicht fort, oh bitte nicht, nein...

Mann, Marktplatz: Ich hab keine Zeit... ach was! Ist nicht mein Bier, geh woanders hin. Gibt genug Leute für sowas. Zeitverschwendung ist das, wenn du's wissen willst. Sinnlos.

Verteilt um Ecken und Kurven, in Spalten und Buchten, entlang der kalkigen Fassaden, der Blechhäute, der Hecken und Dämme: die schwach pulsierenden Vogelaugen. Wie Nervenzentren eingebettet in sich wölbenden, grauen, umhüllenden Segmenten. Sorgsam einbettende, kontrolliert dahinfließende graue Augenlider.

Frau, Hauptstraße: O nein, so etwas kann ich nicht, unter keinen Umständen... aber da, da vorne steht schon wieder einer und spricht vor sich hin. Was soll denn das... ach so, nun ja, aber diese übertriebene Gestik, irgendwie fanatisch, und das in aller Öffentlichkeit... ach ja, gut, gut, nein, auswendig kann ich rein gar nichts... nun hören Sie mal, drängen Sie mich doch nicht so, ich möchte das erst einmal mit meinem Mann... was, den haben Sie schon...? Das ist ja nun wirklich... nein, ich bin bestimmt nicht widerspenstig, jetzt lassen Sie mich doch erst mal nach Hause...

Mann, Hauptstraße: (... Der boden schüttert weiss und weich wie molke.. / Ich steige über schluchten ungeheuer. / Ich fühle wie ich über letzter wolke // In einem meer kristallnen glanzes schwimme - / Ich bin ein funke nur vom heiligen feuer / Ich bin ein dröhnen nur der heiligen stimme.)

Klug in wellig gleitende, sich wandelnde Netze eingefügte Zeichen, dunkle Knotengebilde wie die plasmatischen Verdickungen der aufgequollenen, quellend um sich greifenden Amöbe. Neugierig umherschwimmende graue Augen in Morgennebeln, Flussnebeln des Morgenflusses. Neugieriger, hellwacher Flussgeist. Unmerklich eindringend, fragend. Neugierig tastende, flachwolkige, grauweißsilbrig schimmernde, vogeläugige Frage.

Frau, Wohnung: Tatsächlich, da sitzt er und liest und vergnügt sich dabei! Wenn das so ist... nein, ich bitte Sie, was glauben Sie denn von mir, aber es ist schon merkwürdig, denn mir hat er nie etwas... ja, gut. Also ich suche etwas heraus. Wie wäre es mit dem Faust... den kennen Sie schon? Meine Güte, was dann? Kennen Sie Salome? Dann nehmen wir doch das. Ein schönes

Stück, ich habe es mindestens viermal gesehen... nein, die Oper. Der Text ist von diesem verrückten Schwulen. (Der junge Syrier: Wie schön ist die Prinzessin Salome heut abend. / Herodias' Page: Schau den Mond. Sehr seltsam sieht er aus. Wie eine Frau, die aus dem Grab steigt. Wie eine Tote. Eine Tote, die nach Toten sucht. / Der junge Syrier: Sehr seltsam sieht er aus. Wie eine kleine Prinzessin, die einen gelben Schleier trägt und silberne Füße hat. Wie eine Prinzessin, die Füße hat wie kleine weiße Tauben...)

Verdeckt sind die Grünflächen, Blumenbeete, Asphaltmarkierungen, Kehrichthaufen, die Spuren von Unachtsamkeit und Willkür, die Eingrabungen der Zeit, die Orientierungen und Irritationen des Zweidimensionalen, die Grenze und der Weg.
Aufgesogen sind die Gründe, Wurzeln, Quellen, Offenlegungen und Verschüttungen, die Verankerungen und Halterungen, die Sockel und Podeste, der sichere, feste Stand.

Mann, Bibliothek: ... kennst du auch schon? Donnerwetter! Und deine... ich fass es nicht, wie kann man dazu keine Meinung haben? Natürlich ausufernd und wenig zusammenhängend... ja, ein Sammelsurium, na schön, ich bin der Letzte, der anderen was aufschwatzen wollte. Wie wär's denn mit den Apokryphen? Nee, hab ich nicht, war nur so ein Jux... Abneigung? Naja, ein bisschen schon. Ist halt mehr als nur ein Buch, zur Tatsache erklärter Mythos, lässt sich schwer drüber streiten... ja, das mit Gott ist ein Problem. Das Wort ist austauschbar, die Frage bleibt. Die ganze Ungewissheit eben, teilweise ziemlich pervertiert. Proudhon sagt dazu: Alle, die mir von Gott reden, wollen nur an meinen Geldbeutel oder an mein Leben. Nicht schlecht, oder? Hab ich aber leider nicht da, aber dafür hätte ich... kennst du auch schon? Ganz schön schwierig mit dir. Und was ist mit Samjatin? Klar, auch ein Utopist, wo wir schon bei dem Thema sind. Alles düstere, übel denkende Burschen, na klar. Den find ich aber gerade nicht - ah, hier ist was, sehr gut, aber irgendwie anders, sehr nüchtern... nee, den Namen sag ich dir nicht, wenn du den auch kennst, bin ich nämlich beleidigt, du hörst jetzt einfach mal zu, okay?

(Wenn man eine ganze Weile innerhalb einer bestimmten Kultur gelebt und sich oft darum bemüht hat zu erforschen, wie ihre Ursprünge und der Weg ihrer Entwicklung waren, verspürt man auch einmal die Versuchung, den Blick nach der anderen Richtung zu wenden und die Frage zu stellen...)

Diese Wesen: freischwebend, fußlos, soeben noch verspürten Zwängen zur zielgerichteten Vorwärtsbewegung enthoben, ragen sie über den schimmernden Nebeln auf wie entwurzelte, von unsichtbaren Kräften gehaltene Statuen.
An der Straßenecke, am Verkaufstisch, im Auto oder auf dem Sofa hat es sie erreicht. Überall nun diese befremdliche, durchaus menschlich und zugleich antiqiert wirkende Frage. Dieses höfliche, ernsthafte und gleichwohl nicht ohne Nachdruck vorgebrachte Ersuchen.
Ehrlich geben sie ihre Antworten, vielleicht zum ersten und einzigen Mal. Sie, die insgeheim ihren orientierungslosen Weg fortsetzen, vorübergehend gefangen im Zwiespalt von jäher Anrufung des Bewusstseins und andauernder Bewusstlosigkeit.
Taumelnd, gehetzt nach Frieden suchend, in Verlorenheit erstarrt zu friedlosen Schatten. Gedankenlose Bilder und bedeutungslose Symbole. In der Luft hängende Säulenhülsen erstickter, zerstückelter Gedächtnisse. Hier und da die Stimmen oder tönenden Beschreibungen der Helden oder Verlierer, der kolossalen oder jämmerlichen Vorstellungsgeschöpfe: Gott Satan Odysseus Ödipus Buddha Mohammed Gargantua Don Quijote Raskolnikow Leverkühn Bloom Der Mann ohne Eigenschaften...
Die mannigfachen Antworten gehen in den neugierigen, vogeläugigen, saumlos ausgebreiteten Schleier ein. Mehr als diese nackten, wörtlichen Antworten jedoch sind es ihre Dispositionen, die in ihnen aufgespannten Muster, die ungenügend verborgenen Klagen aus der Ratlosigkeit, dem Entsetzen, dem Ungeborenseinwollen - sie sind es, die dem Fragesteller die eigentlichen Antworten geben.
Der silbrige Schlangenfluss, das uferlos wogende kalte Gebilde zieht sich zurück. Es dünnt sich aus zu schrumpfenden Bündeln, die Straßen und Wege, Fundamente und Ansätze freigeben, zu

Fasern, die schließlich im Osten verschwinden. Sanft. Unbemerkt. Spurlos.

Siebter Bericht von F81 an F01. Punkt 0----. Keine Dringlichkeit.
Einschaltung. - Ich muss gestehen, dass ich mit der alphabeti-
schen Reihenfolge der Berichte Schwierigkeiten habe. Es gibt so
vieles, was wichtig ist, aber begrifflich eher am Ende des hiesigen
Alphabets steht. Da ist zum Beispiel das Wort Unabhängigkeit,
das ich gerne weiter verfolgen würde, da es mir schon oft begeg-
nete und offenbar im hiesigen Denken eine gewichtige Rolle
spielt. Oder das Wort Temperament, das wohl individuelle Unterschiede bezeichnet, die ich allerdings noch immer nicht einord-
nen kann. Ich würde gerne mehr berichten, aber die Vorschrift
und manchmal auch meine Maske lassen das nicht zu. Vielleicht
ergeben sich noch Änderungsmöglichkeiten. Ich stehe ja noch
am Anfang.
Anordnungsgemäß berichte ich heute über die Alkoholiker (che-
mische Tabellen zur Alkoholiker-Definition liegen im Anhang bei).
Für den durchschnittlichen, also häufig vorfindbaren Alkoholiker
gibt es zumindest zweierlei Glück. Das eine: Wenn er im Halb-
rausch, das heißt mit halbem Bewusstsein, eine Überlegenheit
über die anderen empfindet. Das andere: Er ist eine Weile nüchtern und hat nun fast das Gefühl, unabhängig (da ist dieses noch
unklare Wort!), stark und voller Zukunft zu sein.
Doch häufiger ist der glücklose Zustand, der mir beschrieben
wurde als vorübergehende Gleichgültigkeit oder sehr begrenzte
Zufriedenheit, die wie eine neblige Hülle über einem Bewusst-
seinsrest liegt, der sagt, dass alles Mist sei. Ich kann das natürlich nicht nachprüfen. (Man staunt ohnehin, dass ich „so viel vertrage", wie man hier sagt.) Unterschiede gibt es da, wo sich Alkoholiker Gedanken machen über das Verhältnis von Glücksemp-
findung und Mist. Ich kenne einen, der mir erzählte: „Stell dir ein
Schachspiel vor. Der Bauer, der zuerst vom Brett fliegt, das bin
ich." Zugegeben, er spielt sehr schlecht Schach. (Ein Spiel, das
übrigens auffallend unserem Zifuana ähnelt; ich werde zu gege-
bener Zeit darauf zurückkommen.)
Ein anderer, er trägt den Namen Jörg, verschafft sich mit Geschichten Luft. Darin ist er nicht schlecht. Er hat eine dramatische

Art, zu erzählen. An den interessantesten Stellen macht er lange Pausen, verzieht sein Gesicht, schaut herum, macht seltsame Gesten oder trinkt. Einmal erzählte er mir und ein paar Bekannten, als wir gerade in einer Kneipe zusammen saßen, die folgende Geschichte:

„Jungs, ihr glaubt es nicht, aber da ist ein Kumpel, Frank heißt der, der macht jeden mit seinem Gesinge fertig. Jede Situation meistert der damit. Macht sich natürlich auch ne Menge Feinde damit, aber viel Feind, viel Ehr. Die Stimme ist total hoch und laut, halb Trillerpfeife, halb Sirene, aber nur, wenn er singt. Da sitzen wir zum Beispiel auf ner Parkbank, schön gemütlich, Sonnenschein, Flaschen voll und so weiter. Wir quasseln von allen möglichen Sachen - da kommt so ne alte Tante vorbei, mit nem kleinen Köter, der sich gar nich einkriegen kann vor Gekläffe. Frank sagt sowas wie: Na, Kleiner, auch durstig? Und hält ihm die Flasche hin. Die Alte steht dicht vor uns, und der Köter auch."
Jörg machte seine Pause, guckte alle der Reihe nach an und trank seelenruhig sein Bier.

„Weiter. Der Hund bellt sich die Seele aus dem Leib, aber komischerweise nur in Richtung von Frank. Der hält ihm die Flasche hin, grinst dabei, wie so zum Spaß eben, und plötzlich - schwuppdiwupp! - gießt er ihm das Zeug übers Fell. Der Köter wird irre, die Alte fängt an zu meckern, bleibt aber stehn. Frank lacht. Der Schnaps, müsst ihr wissen, ist nicht von schlechten Eltern. Der haut rein. Tja, und Frank hat plötzlich sein Feuerzeug in der Hand, langt mal eben rüber, und - schwupp! - schon steht der Hund in Flammen!"
Jörg grinste in sein Glas und trank, während uns anderen ein bißchen mulmig wurde. Aber keiner sagte was, ungefähr eine halbe Minute lang.

„Jaja, der gute Frank hat Sinn für Humor. Aber wer ihm was will, muss aufpassen. Also, der Köter brennt und heult und winselt, die Alte kreischt natürlich wie am Spieß. Und - jetzt kommts - da fängt Frank an zu singen. Niemand versteht was, wenn er singt, und man weiß nicht, ob man wegrennen, schreien oder in Ohnmacht fallen soll. Jedenfalls wird die Alte stocksteif, hört auf zu flennen, der Hund dreht sich im Kreis wie wild, der Schnaps ist abgebrannt. Alles unheimlich komisch. Ich bring natürlich kein

Wort raus. Frank singt weiter, der Hund hockt sich hin und schüttelt sich, die Alte glotzt Frank an wie nen Außerirdischen, mit offenem Mund. Inzwischen sind noch andere gekommen und bleiben stehn, gucken auf den Hund und hören Frank, einer wie der andere. Und wies der Teufel will, kommt auch noch der Bulle dazu, hatte wohl Aufruhr gewittert oder was in der Art, aber wie er da meinen Kumpel singen hört, bleibt er auch bloß stehn und glotzt. Hat wirklich ne kolossale Wirkung, die Stimme. Da stehn also sieben, acht Leute um uns rum, alle wie betäubt, und der abgebrannte Köter noch dazu. Und dann hört Frank plötzlich auf zu singen."

Jörg hob bedeutungsvoll den Kopf, pausierte, griff zum Glas und ließ sich Zeit mit seinem Schluck. Wir warteten ungeduldig. Schließlich fuhr er fort.

„Alle gucken ihn an, er guckt zurück, ringsum, und dann fängt er an zu reden, wie mit einem Mal ganz nüchtern: Meine Freunde, was sehen wir alle in uns, wenn wir uns so anschauen? Gutes? Böses? Nein, immer nur das Falsche. Wer könnte sich auch erdreisten und sagen, er sehe das Richtige? Falsche Hülsen sind wir alle in den Augen der Anderen. Und wir können nichts dagegen tun. Wisst ihr das nicht? Oder glaubt ihr, irgendeiner sieht euch richtig, versteht euch voll und ganz? Ehrlich, Freunde, das schaffen wir ja nicht mal selber. Richtig sehen ist verdammt schwierig. - So ungefähr sagt er das, wie son gewiefter Gelehrter oder Politiker, und alle hören zu. Eine Riesenschau ist das. Und Frank ist noch lange nicht fertig. Was seht ihr denn in mir? fragt er. Den kümmerlichen Bettler, Säufer und Pennbruder natürlich. Aber wer sagt euch, ob das stimmt? Vielleicht bin ich Senator und will bloß meine Bürger unerkannt unter die Lupe nehmen? Vielleicht bist du, mein Freund in der Uniform, ein anonymer Alkoholiker oder warst ein Archivdirektor, bis es dir zu langweilig wurde? Vielleicht sind Sie, meine Dame, eine berühmte Schauspielerin gewesen, die heute keiner mehr kennt? Wer kann das wissen? - Da fangen ein paar von den Typen natürlich an zu grinsen, aber er macht gleich weiter: Wer von euch weiß überhaupt, was vorher war und was nachher kommt? Ich will euch eins sagen: Ich glaube nicht an Götter und Götzen, aber ich weiß, dass das hier - und dabei macht er mit seinen Armen große

Schlenker - dass das hier nicht alles sein kann und nicht alles ist. Seid ihr etwa zufrieden mit allem und jedem, ganz und gar, mit euch selbst und allem Drumherum? Also, wer von euch völlig zufrieden, stolz und superglücklich ist, kein anderer und nirgendwo anders sein will, der hebt jetzt die Hand, und zwar deutlich! - Da führt er sich wirklich wie ein Lehrer auf oder wie so ne Art Prediger, stiert in die Runde, richtig ernsthaft, und natürlich hebt keiner die Hand. Ich denke nur, oioioi denke ich, und er macht knallhart weiter: Ich will euch was sagen, Freunde. Wenn ihr gemerkt habt, so wie ich, dass das alles nicht das Gelbe vom Ei ist, dann ist das richtig. Und warum ist das nun richtig? Weil ihr euch beschissen fühlt. Und beschissen fühlen, das ist ungeheuer menschlich, das macht uns so verdammt teuer, Freunde. Wir können alle friedlich und freundlich tun, wir alle, und trotzdem fühlen wir uns beschissen. Das ist schon kein Widerspruch mehr, das ist Wirklichkeit. Das klingt billig, ich weiß, aber gerade deswegen hat sich noch kein Philosoph damit beschäftigt, sage ich euch, obwohl es die größte Sache der Weltgeschichte ist. - Ja, das ist Frank!"

Jörg starrte über uns hinweg, die Schwere der Worte noch im Gesicht. Kurze Pause.

„Dann fängt er wieder zu singen an. Und die Leute denken wohl, dass er wirklich Senator, Philosoph oder sonst was Bedeutendes ist, nur irgendwie heimlich, vielleicht Pech gehabt, schweres Schicksal und so weiter. Jedenfalls werfen sie uns ihr Geld vor die Füße und drehen dann ab, alle zusammen, auch der Bulle und die Alte mit ihrem angekohlten Hundchen. Wir sammeln gut fünfzig Piepen auf. Stellt euch das mal vor! Bloß wegen so ner Verrücktheit! So ist das mit Frank."

Ich glaube Jörg seine Geschichten nicht - bis auf die eine, auf die ich gleich zu sprechen komme. Aber eines muss man ihm lassen: Er spricht dabei kaum von sich selbst. Andererseits konzentriert sich natürlich alles auf ihn, wenn er erzählt. Vielleicht reicht ihm das. Dieses andere Mal war er in schlechter Stimmung, da er Streit gehabt hatte. Aber erzählen tut er trotzdem immer.

„Mensch, Jungs, ihr wisst gar nicht, was es alles gibt!" fing er an, seufzte zur Decke hoch und war doch gleich bei der Sache, obwohl er natürlich erst noch ein Bier bestellen musste. Wie gesagt, seine Dramaturgie ist gut. Jeder war schon ganz Ohr.

„Ihr wisst allerdings, dass ich einiges vertrage. Ziemlich viel sogar, denke ich. Vor kurzem aber, das heißt vor der Sache mit Robert, dem Armleuchter, da wars fast aus. Ehrlich, Jungs, ich war weg von hier, ganz weit weg. Um ganz ehrlich zu sein: Ich war im Weltraum."

Das war nicht nur weit weg, das war natürlich zuviel für alle, die bei uns saßen. Sie lachten und japsten. Jörg hatte wohl damit gerechnet. (Mir war das eher peinlich).

„Klar, das könnt ihr nicht glauben. Hört trotzdem zu. Ich bin da unterwegs, geh die Straße lang, bin noch lange nicht besoffen, geh zum Park, will sehn, ob einer da ist. Ist keiner da. Ich setz mich also hin, und es dauert nicht lange, da seh ich was am Himmel funkeln, und dabei ists so um den Mittag rum, und es wird immer größer..."

Den Rest erspare ich mir. Ihr wisst das besser als ich. Ich kann nur vermuten, dass sich die C-Gruppe wieder mal einen Spaß erlaubt hat. Die sollten allmählich mal etwas disziplinierter werden. Mehr will ich im Moment nicht berichten. Aber ihr seht, dass es aufschlussreicher ist, den individuellen Typ zu beschreiben. Das ist mehr vom Zufall abhängig, aber es bringt genauere Ergebnisse. Ich denke auch, dass ich im achten Bericht noch etwas zum Stichwort Akademiker nachtragen werde. Es hört nie auf. Sie haben so viele Subspezies, die Terrestrier. Übrigens: Wie geht es F71? Ich habe lange nichts von ihm gehört. - Ausschaltung.

„Zahl der Träume mal Zahl der Fragen plus Stufen des Scheiterns minus Zeit des Glaubens gleich Grad der Existenz." (Nicht ganz ernst gemeinte Kurzfassung der Basisformel des Existenzspiels von Artur Atonnbie, Leiter des Spielhistorischen Instituts.)

„Das geht so nicht weiter!" schimpfte Hagen. „Imellnas blitzsaubere, superpragmatische Besatzer versalzen mir jede Entwicklungschance."

Imellna lachte nur, während sie weiter an der nächsten Rede eines ihrer Statthalter feilte.

„Lass deine dämliche Provinz doch endlich sausen", forderte ihn Pudle auf, die - wie Hagen nur zu gut wusste - ebenfalls auf Erfolgsbilanzen gebettet war und bald einen neuen Landstrich ihrer Weltgeistbewegung würde einverleiben können. „Auf meinem Plan kommt die überhaupt nicht mehr vor. Keine hundert Jahre mehr - und sie ist weg vom Fenster. Die Entscheidungen fallen im Nordwesten, in den fruchtbaren Ländern..."

„Jaja, ist ja gut. Noch sind wir aber nicht so weit. Keine Entscheidung ohne Vorentscheidung." Trotz stieg in ihm auf, da er sich von seinen triumphierenden, selbstgewissen Mitspielerinnen der Lächerlichkeit preisgegeben sah. „So schnell stecke ich nicht auf."

„Er hängt sehr an seinen Bauern und Hirten", spöttelte Imellna, die Soldatenkaiserin.

„Sagen wir so: Ich werde versuchen, ihre schlafenden Potenziale zu wecken. Es steckt etwas in ihnen, und ich werde es herausholen. Ganz einfach."

„Technische Entdeckungen? Militärische Aufstände? Das wäre unter Umständen außerhalb der Variationsbreite, Hagen. Bitte keine Regelverletzungen, in unser aller Interesse!"

„Ich weiß, ich weiß. Ich denke..." - er sah hinüber zu den beiden Frauen, wie sie mit ihren Holo-Modellen und Formulator-Ausgaben am Spiel 3867-d arbeiteten, analysierten und herumkonstruierten; seine eigenen Geräte hatten schon seit längerer Zeit Pause - „... an etwas anderes."

Hagen nahm sich zwei Tage frei, um im Spielhistorischen Institut nach Anregungen zu forschen. Er hatte eine diffuse Idee im Kopf, der es konkrete Form zu geben galt. Andererseits musste er sich absichern und möglichen Varia-Kollisionen, die Punkteabzug bedeuteten, vorbeugen.

Auf seinem Gang durch das schier endlose Archiv machte er zuerst bei den poetografischen Weltdeutungen halt. Zwischen Lobpreisungen großer Führergedanken und komplexen Säkulardichtungen stieß er unter anderem auf die Schilderung eines 75 Jahre dauernden Weltkriegs, die in 75.000 Hexametern abgefasst war. Das kam ihm dann doch etwas zu aufwendig vor, und er legte sie wieder weg.

Danach warf er einen Blick in die Staatstheoretische Abteilung: Da waren sie alle, die gerechten Systeme, die dauerhaften, zukunftsorientierten oder vollendeten Systeme und auch die sogenannten Würfelsysteme, in denen sich das Volk seine Repräsentanten sowie alle politisch bedeutsamen Entscheidungen per Glücksspiel auswählte. Aber auch das konnte er nicht brauchen; von einer Staatsgründung, geschweige denn einem funktionierenden System, war seine heillose Provinz weit entfernt. Die Zeit hatte er nicht. Was er brauchte, war etwas, das schnell ging.

Er suchte den Archivar auf, um ihn um Hilfe zu bitten.

„So, also etwas rasch Wirkendes suchen Sie, für ein rückständiges Ländchen... vielleicht ein Naturereignis? Vielleicht eine Klimaänderung, anhaltende Regenfälle, nach denen die Fruchtbarkeit..."

„Nein! Das geht viel zu langsam. Und außerdem würde es den anderen mehr nützen. Das Land ist besetzt."

„Ach, ja. Da sind die Chancen natürlich begrenzt. Etwas Gesellschaftliches vielleicht?"

„Ja, genau. Das müsste es sein. Ein unerwarteter Umbruch, der eine dynamische Veränderung einleitet. Etwas in der Art."

„Ein Umbruch..." Der Mann kniff die Augen zusammen, schien in Gedanken die zahllosen Archivabteilungen durchzugehen. „Vielleicht eine radikale Philosophie?"

„Dafür reicht der Bildungsstandard nicht aus."

„Dann also einfacher. Wir wäre es mit Propheten? Wir haben da..." - und er zählte eine beeindruckende Reihe von Beispielen auf, Seher und Mahner, Verkünder und Verdammer, Verfinsterte und Erleuchtete, grüblerische Einsiedler, deren ganze Gefolgschaft aus Ratten und Schlangen bestand, und Untergangsprediger, die sich gegenseitig im Ausmaß ihrer vorausgesagten Infernos zu übertreffen suchten und zu diesem Zweck regelrechte Wettkämpfe veranstalteten oder sich einfach bloß duellierten.

„Hmm", machte Hagen und überlegte, denn es sah so aus, als habe der Archivar damit das angesprochen, was ihm selbst die ganze Zeit über vorgeschwebt hatte. „Ich glaube, das ist es. Nur: keine allzu arge Schwarzmalerei, denn den Leuten geht es schlecht genug. Eher so ein Heilsversprechen. Und es muss eine Forderung damit verbunden sein, so dass sie sich in Bewegung setzen, unwiderstehlich, unaufhaltsam."

„Das kann man doch mischen", schlug der Archivar vor. „Nehmen Sie einen, der Gutes ankündigt, aber für den Fall, dass die Leute nicht spuren, mit dem Verderben winkt. Dafür haben wir auch Modelle."

„Wirklich?"

„Sicherlich. Aber Sie müssen das natürlich abwandeln, sonst..."

„Sonst gibt es Abzug - weiß ich selbst!" fuhr ihm Hagen dazwischen. „Zeigen Sie mir die mal. Am besten die kompletten Varianten."

Ich spüre förmlich, dass ich einen Superpropheten schaffen werde, dachte er aufgeregt, als er dem Mann folgte; einen Veränderer, der sich gewaschen hat, einen ganz schlimmen, einen... wie ihn unser Spiel braucht!

„Wie sieht's aus?" begrüßte Hagen am übernächsten Tag seine Partnerinnen, als er den Spielraum betrat. Die beiden schienen in Arbeit zu schwimmen.

„Ganz gut", meinte Imellna.

„Du könntest unter Umständen besser sein", bemerkte Pudle schelmisch und blinzelte ihn an.

Er hatte eine Konzeptplatte mitgebracht, die er im Institut angefertigt und bei sich zu Hause überarbeitet hatte, um sie nun am

Holo durchzuprobieren. Er machte kurz die Runde, gab jeder einen Kuss, setzte sich dann und stöhnte maniriert.

„Ach ja, der kleine glücklose Hagen mit seiner kleinen glücklosen Provinz, tja, tja. Aber wir sind doch ein Team, oder? Sicher - jeder will als Einzelspieler gut dastehen. Natürlich. Trotzdem ist das unsere gemeinsame Variante, und ein überraschender Punktegewinn käme uns allen zugute, oder? Und wenn es nun der kleine Hagen wäre, der für den Punktesegen sorgt, wärt ihr doch auch nicht böse, oder?"

„Willst du dich lustig über uns machen, oder was soll das?" fragte Imellna, die unwillig aus tiefer Geschäftigkeit auftauchte und ihm einen nicht sehr freundlichen Blick zuwarf.

„Nein, das glaube ich nicht", interpretierte Pudle, die heute in bester Stimmung zu sein schien, „er will damit sicher nur andeuten, dass er eine tolle Idee hat."

„So ist es", bestätigte er und machte sich daran, das Konzept einzugeben. „Was sagt eigentlich der Formulator?"

Pudle hatte den direkten Zugriff, las ab und gab kund: „Entwicklungsquote hundertachtundzwanzig. Das ist nicht schlecht. Variationsquote einundsiebzig. Hier könnten wir schon noch zulegen. Mein Spielverdienst liegt bei vier, Imellnas bei sechs, deiner bei minus eins."

Minus eins, ha! Ihr werdet euch noch wundern, ihr Täubchen, dachte Hagen, sagte dann aber nur: „Gut. Wir werden sehen."

Am nächsten Tag fand er sich erneut beim Institut ein und fragte nach dem Test-Variator, für den er sich in weiser Voraussicht hatte vormerken lassen. Er hatte jetzt genug Literatur studiert und Holo-Proben durchgeführt, um einen echten Test laufen zu lassen. Allzu oft hatte er das noch nicht gemacht, musste er sich zu seiner Schande gestehen. Meistens war es eine seiner Partnerinnen gewesen, die ihm die Arbeit abnahm.

Bange Minuten verstrichen, bis der Techniker die Platte aus dem Prüfgerät nahm und freundlich nickte.

„Alles in Ordnung. Die Dichte reicht aus. Sie können dann zu Kabine zwölf gehen."

Hagen atmete erleichtert auf. Das ist schon der halbe Gewinn, dachte er stolz und ging zu der Kabine, wo er sich anschloss, die Platte einlegte und startete.

... als Ieremy vom Berg herabging, folgte ihm das Volk. Und siehe, ein Aussätziger kam und sprach: Herr, wenn du es willst, kannst du mich erlösen. Und Ieremy streckte die Hand aus und sprach: Ich will es tun. Du bist erlöst. Und jener war auf der Stelle vom Aussatz frei. Und Ieremy sprach zu ihm: Du sollst es allen sagen, die du triffsts. Und wenn sie dir nicht glauben wollen, so schicke sie zu mir.

Da aber Ieremy nach Luplaga kam, der verrufenen Stadt, trat ein Offizier der Besatzer vor ihn und sprach: Herr, mein Knecht ist krank. Ich weiß, ich gehöre nicht zu euch. Doch auch ich bin ein Mensch, ein Untertan mit Untertanen, die ich mir nicht gewählt habe und die ich nicht verdiene, und wir alle brauchen Hilfe. Da Ieremy das hörte, wunderte er sich sehr und sprach zu denen, die ihm gefolgt waren: Solche Einsicht habe ich bei euch nicht gefunden. Aber sehet nur zu. Und er sprach zu dem Offizier: Gehe hin. Und dessen Knecht war gesund in derselben Stunde...

Hagen schaltete sich in die Szene ein, drängelte sich durch die Menschen und ging zu Ieremy.

„Gut, wie du das machst. Sehr gut sogar. Vielleicht bräuchten wir nur noch ein paar Leute mehr, die das alles schnell herumerzählen, oder?"

„Wer bist du?"

„Ich bin dein Schöpfer, Blödian. Außerdem musst du noch ein paar spektakuläre Dinge tun und anschließend in die Hauptstadt einziehen, sozusagen als Krönung. Wir machen das alles ganz offiziell und nach Plan. Das klappt schon, wirst sehen!"

Er schaltete sich wieder aus. Kurzer Vorlauf.

... und nach sieben Tagen, in denen Ieremy eine treue Schar um sich gesammelt, Hunderte geheilt, Tausende gespeist und viele andere Wunder getan hatte, zog er in die Hauptstadt ein, und die Besatzer erregten sich: Wer ist der? Das Volk aber bekundete: Das ist Ieremy, der Heiler und Retter unseres Landes...

Hagen beobachtete die Simulation wie gebannt. Die Provinz war in Aufruhr. Ieremys Reden und Taten hatten sich herumgesprochen, zumeist bunt ausgeschmückt und wild übertrieben, so dass sein Ruf als Erlöser ins Titanenhafte angewachsen war und wie ein Sturm übers Land fegte. Der Zug, mit dem er in die Hauptstadt einmarschierte, war riesig. Die Besatzer wussten offensichtlich nicht, was sie tun sollten; etliche Soldaten und auch Offiziere waren bereits übergelaufen.

Das wird Imellna herausfordern und anspornen, das bringt Punkte über Punkte, dachte Hagen, aber ich muss aufpassen, noch ist das Heu nicht im Schober. Er nutzte einen Augenblick, in dem Ieremy allein in Andacht saß, um sich erneut einzuschalten.

„Hör mal, es sieht zwar gut aus, es könnte aber noch Probleme geben."

„Wer bist du?"

„Sag mal, stehst du auf der Leitung?!"

„Du störst mein Gebet. Gehe."

„Ich spinne ja wohl! Du verdankst das alles nur mir, hörst du, und... - na, das kann man ja ändern!"

Er machte sich an der Tastatur zu schaffen. Die Manipulation, die er vorhatte, war allerdings nicht einfach, zumal er sich mit dem Variator nicht sonderlich gut auskannte. Zumindest eine vorübergehende Angleichung wollte er erreichen. Also tastete er.

Eine schwarzhaarige, äußerst attraktive und gut gewachsene junge Frau kniete jäh vor ihm und sah ihn aus großen Augen an.

„Bist du mein Schöpfer?"

„Äh? Ja, der... aber..."

„Ich liege dir zu Füßen, o Herr!" Sie beugte sich bis auf den Boden, und ihre Haare fielen wie ein weicher Fächer auf den grauen Stein.

Allmählich dämmerte es Hagen, welche Möglichkeiten ein Variator bot, wenn die entsprechende Programmplatte nur gut genug war, und er begann auch zu verstehen, dass die langen Anmeldefristen nicht ausschließlich mit Spielsimulationen rein sachlicher Art im Zusammenhang standen. Die Optionen, die der Variator zur Verfügung stellte, um die individuelle Plattenkonzeption zusätzlich mit Leben zu füllen, waren umwerfend. Wie kommt es, dass ich nichts davon gewusst habe? fragte er sich und gab sich sogleich die Antwort: Weil ich ein Träumer bin, ein phlegmatischer, arbeitsscheuer Nichtsnutz! Ich habe das verdammte Spiel nie so richtig ernst genommen, aber jetzt...

Er versuchte, sich auf die neue Lage einzustellen und eine würdige Haltung einzunehmen.

„Bislang bin ich mit dir sehr zufrieden. Du kannst aufstehen", sagte er und sah ihr zu, wie sie sich in einer geschmeidigen Bewegung erhob. Dann begann er, ihr das schäbige Gewand vom Leib zu schälen.

„Herr, du erfüllst mich mit Dank."

Eine unglaubliche Frau!

Sie ließ sich bereitwillig ausziehen, aber ihr Gesicht blieb ernst dabei. Das machte es ihm leichter und zugleich erinnerte es ihn daran, dass die Frau nicht real war. Aber das änderte nichts daran, dass ihm die Berührung geradezu beängstigend wirklich vorkam.

„Wir müssen nur noch ein paar Kleinigkeiten bereden", murmelte er, während er ihre nackten Schultern streichelte. Ich bilde mir das alles nur ein, dachte er. Doch wie geht man mit einer Einbildung um, die sich so weich anfühlt, die den Eindruck erweckt, alles mit sich geschehen zu lassen, und die darüber hinaus so verführerisch nach Oliven und Eukalyptus riecht?

„Nach dieser Lichtwerdung in deiner Nähe werde ich mein Opfer bringen können, o Herr", sagte sie.

Opfer bringen? Nur langsam drangen die Worte durch den Wirrwarr seiner Gedanken und Emotionen, wo soeben auch die Frage aufgetaucht war, ob er die Angleichung nicht zu weit getrieben und ob die Frau in seinen Armen überhaupt noch etwas mit Ieremy zu tun habe. Endlich wurde ihm bewusst, was sie gesagt hatte.

„Du willst ein Opfer bringen? Was meinst du damit?"

„O Herr, ich kann zu diesem Volk sprechen und es bewegen, aber zu viele leben in Armut und unter dem Joch der Welt, zu viele, als dass meine Hand sie alle erreichen könnte. Erst wenn ich mich den Besatzern ausliefere, die doch die Welt regieren, und meinen Frieden unter ihr Schwert lege, damit sie alle Schuld auf sich laden, dann wird es geschehen, dass unser Wort sich erhebt und ausbreitet, wie es sein soll."

„Kann das wahr sein?" entfuhr es ihm. Waren das nun seine oder ihre Worte gewesen? Oder war der Variator dafür verantwortlich? Oder spielte alles auf eine unentwirrbare Weise zusammen?

„Du wirst es wahr machen, o mein Herrscher! Ich bin deine be-
reitwillige Dienerin!"
Er war einen Schritt zurückgewichen und sah sie an, betört und
zugleich befremdet von diesem sanften, attraktiven und kompli-
zierten Phänomen, das er selbst geschaffen hatte und nicht begriff. Dann gab er sich einen Ruck und schaltete sich aus.
Lange saß er vor der Tastatur und erwog, den Test abzubrechen.
Aber das wäre Blödsinn gewesen. Nur seine Unerfahrenheit war
es, die ihn ins Schleudern gebracht hatte. Die Überraschung. Die
Erregung. Und es hatte sich schrecklich angehört, als sie erklärte, für ihn sterben zu wollen. Natürlich würde sie nicht sterben.
Nichts konnte sterben, das nicht lebte. Nein, er musste jetzt nur
das Konzept sauber korrigieren, den männlichen Ieremy wieder-
herstellen, ihn mit dieser weiblichen Hingabe und Entschlossen-
heit ausstatten, die er soeben hatte erleben dürfen, und auf den
vorgesehenen Weg bringen.
Also tastete er.
... als sie an sein Grab kamen, da geschah ein großes Erdbeben.
Denn ein Engel des Herrn kam herab und legte das Grab frei und
sprach: Sehet, er ist nicht hier, er ist auferstanden. Gehet zu dem
Berg des Anfangs, um ihn zu sehen. Da sie dem Befehl folgten
und hingingen und Ieremy stehen sahen, fielen sie nieder. Er
aber sprach: Nun ist mir gegeben alle Macht auf Erden. Gehet
hin und machet euch zur Schar alle Völker, lehret sie aufstehen
gegen die Heere und gegen die Anhänger des Weltgeists, und
ich bin bei euch bis an der Welt Ende...

An diesem Tag war Hagen der Erste im Spielraum. Gestern hatte
er die fertige Platte eingegeben, nach ausführlicher Besprechung
mit seinen Partnerinnen, die sich zwar skeptisch geäußert,
schließlich aber zugestimmt hatten. Nun war er sowohl ängstlich
als auch zuversichtlich und versuchte, jede weitere Mutmaßung
zu unterbinden. Der Formulator zeigte ihm die aktuelle Meldung.
Hagen erbleichte und ließ sie sich ausdrucken.
Mindestens zehnmal hatte er sie bereits gelesen, als Pudle und
Imellna kamen, so dass er nun, die Folie wie ein Staatsdokument
mit spitzen Fingern haltend, auswendig vortragen konnte:
„Spielstand Variante 3867-d: Entwicklungsquote zweihundertsie-

benunddreißig - über hundert mehr! Variationsquote zweihundert-
fünfundsechzig - fast zweihundert plus!! Individuelle Spielver-
dienste: Pudle bei vier, Imellna bei fünf, ich bei sieben - bei plus
sieben, wohlgemerkt! Na, meine Liebsten?"
Ungläubig rissen sie ihm die Folie aus der Hand, um im übernächsten Moment in Jubelgeschrei auszubrechen.
„Ich habe zwar fast nur auf mystische Antriebe gesetzt", merkte
Pudle japsend an, „aber mir war doch klar, dass etwas passieren
würde."
„Von wegen!" protestierte Imellna, sich vor Erregung noch immer
die Schenkel reibend. „Du bist von romantisch-monarchischen
Schwärmereien ausgegangen, obwohl jeder sehen konnte, dass
meine gesunde Staatsverfassung den eigentlichen Zweck erfüllt.
Alle wollen dabei sein, und wenn sie dabei sind, langweilen sie
sich, und nur ein gelangweiltes Volk ist ein gutes Kriegervolk,
liebe Pudle. Aber ich hatte niemals gedacht, dass solchen stupi-
den..."
„Spar es dir", sagte Hagen, der zu ihr gegangen war und ihr nun
den Zeigefinger auf die Lippen legte. Sie, die sonst wilde und
aufbegehrende Kämpferin, umarmte ihn auf der Stelle.
„Und ihr seid mir wirklich nicht böse?" röchelte er, da sich auch
Pudle der Umarmung anschloss.
„Natürlich nicht", lachte Imellna. „Die E-Quote ist überdurch-
schnittlich, die V-Quote fast schon Spitze! Wie hast du das nur
geschafft, du unbegreiflicher Hornochse?"
„Ich werd's euch verraten", meinte Hagen, indem er ihre Taillen
umfasste, „es ist ein spezielles Rezept. Es war auch für mich ü-
berraschend, als ich es erfuhr. Ich kann es euch demonstrieren -
im Ruheraum..."
Und während sie kicherten und ihm haufenweise Fragen stellten,
bugsierte er sie langsam, aber beharrlich ins andere Zimmer.

Der Anblick war prachtvoll.

Krolo konnte weitergehen, sich umschauen, weiterfliegen, hinuntersehen, landen und wiederum den Blick schweifen lassen: Die vielen Gesichter dieser undurchbrochenen Landschaft waren und blieben prachtvoll - ein unaufhörlicher, unübertrefflicher Reiz.

Die Luft war feucht und warm. Das Nachmittagslicht legte einen unsteten, geradezu kindlich verspielten Glanz auf die Welt, die von einem traumtänzerischen Schöpfermaler mit kuriosen Formen und mannigfaltigen, leuchtenden Farbtönungen ausgestattet zu sein schien. Aus den Uferstreifen schoben sich dicke, rillige Wurzelknollen, die ihre Gabelzweige wie suchende Hände in die Höhe streckten. Schlanke Bärlappstämme mit üppigen Kronen aus langen Blätterwedeln standen in Reihe wie die surrealistischen Laternen eines nicht vorhandenen Boulevards. Hinter den Seen und über den Hügeln ragten glattstämmige Cordaitazeen auf und spreizten stolz ihre schillernden Büschel, während ringsumher Farnhaine wie kostspielige Antennengruppierungen auf irgendwelche Signale warten mochten; dazwischen die moosüberwucherten Erdwälle, die Schlingfarne, die Stümpfe und zerschmetterten Stämme - Überreste der letzten Unwetter.

Dies war keine abstrakte Idylle. Dies war Leben. Leben, das man nicht nur sehen, sondern auch hören konnte: Wind raschelte in den Millionen von biegsamen Armen der Pflanzen, das Strömen der Flüsse und Bäche kam wie ein mächtiger, ungebundener Orgelpunkt von überallher, und hier und da vernahm man das Summen eines Insekts oder das Platschen einer kleinen Amphibie.

Nein, das ist keine eintönige und nichtssagende Kunst, dachte Krolo - den Vergleich zu heimatlichen Natursimulationen ziehend -, keine imitatorische Kunst, die sich auf eine Aussage festlegt, weil sie sich festlegen muss, und damit scheitert. Das hier sind die Stimme und das Bild der unbeauftragten, unbeeinflussten, gedankenlosen Natur, und sie hat unzählige Klänge und Ausdrücke... und sie hat keinen Sinn. Sie hat weder Hirn noch Herz, betrachtet sich nicht selbst, sie ist nur da, wuchert und stirbt, verändert sich und steht still, verrottet und fließt, versandet und blüht: ein einziger Widerspruch. Der gelungenste aller denkbaren Widersprüche!

Er hob seinen Blick zu den blinkenden Schiefer- und Sandsteingebirgen, die den Hintergrund mit geometrischer Wildheit dekorierten.

... und sie darf keine Korrektoren und Manipulierer bekommen! Hier ist noch nichts Fremdes. Nur ich. Aber ich bin nicht fremd, denn ich verstehe dein Wesen, ich liebe dich, ich gehöre dir!

Er stand allein, zwanzig Schritte vom Gleiter entfernt. Er hatte keine Geräte bei sich, seine Analysen waren fertig. Noch bevor er seine Arbeit vollendet hatte, war es ihm vorgekommen, als spüre er eine weibliche Gegenwart. Eine umfassende, ihm geltende Verführung. Nun drängte alles in ihm, dieser Versuchung nachzugeben.

Ja, du bist die wahrhaftige Jungfrau, die schönste und verlockendste, die ich kenne. Ich gehöre dir. Alles... Er öffnete den Overall und ging in die Knie. Alles verbindet uns. Langsam, langsam! Das ist der Augenblick meines Lebens, ich fühle ihn, und noch nie...

Sein Blick blieb scharf, suchte die Konkretheit des Lebens um ihn herum, und es bereitete ihm ein nie erfahrenes Vergnügen, sich dieser grenzen- und regellosen Gegenwart preiszugeben, in einer Zweisamkeit, die ohne Vergleich war: nur er - und eine ganze, eine warme, ihn willkommen heißende Welt! Ja, er fühlte sich von Millionen unsichtbarer Augen beobachtet, und es machte ihm Spaß, denn diese Augen waren nichtmenschlich, gutwillig und verständig.

Schaut mich nur an, ja, schaut mich an!

Versuchung und Hingabe...

Er seufzte laut, Leidenschaft bewusst mit Theatralik mischend, als es ihn warm durchpulste. Eine Weile noch blieb er kniend - und plötzlich sah er: in Scharen landende Transportschiffe, die Zehntausende von Siedlern ausspuckten und Tausende von Arbeitsgeräten wie Rodungs-, Planier- und Baumaschinen, Entwässerungsanlagen, Unterkunftscontainer, Küchen- und Freizeitkuppeln, Helikopter und Gleiter... und dann die Häuser, die Straßen, die ausgreifenden Städte, die Massen von Abenteurern und Vergnügungssüchtigen, die Bäder- und Hafenanlagen an Seen und Küsten, die Cosmoports, die umherkurvenden Jets und Schiffe, die unaufhörlichen Arbeiten an weiteren Straßen, Städten, Parks, Palästen und Fabriken, ein sich immer enger ziehendes Netz um einen schönen, hilflosen Körper.

Er ging zurück zum Gleiter.

Hierbleiben. Ich habe Verantwortung übernommen, ich will sie übernehmen und will dafür einstehen. Hierbleiben oder Untergang. Irgendwann einmal muss sich jeder bekennen. Muss sich entscheiden. Bin ich pathetisch? Übertreibe ich? Nein - ich bin entschlossen. Das ist mein Moment. Jetzt oder nie.

Er startete, zurück zum Landungsboot.

„Es wird Zeit. Wir sind längst fertig", sagte Paulus, der Erkundungsleiter, als Krolo in den Steuerraum des Landungsboots kam.

„Ich konnte nicht so schnell", entschuldigte sich Krolo lahm. Ich wollte und ich will nicht, korrigierte er sich insgeheim.

„Lass ihn doch", meinte Schmider und grinste spitzbübisch. Er war Physiker und mit dreißig Jahren kaum älter als Krolo. „Du musst bedenken, dass es für ihn wie ein Spaziergang durchs Lehrbuch gewesen sein muss."

„Hast du noch etwas gesehen, etwas Besonderes?" fragte der Leiter den Spätgekommenen.

„Nur so viel, dass das allgemein feststellbare Karbonstadium zum Teil von noch sehr starken Devonresten durchwachsen ist. Die Psilophyten sind außergewöhnlich artenreich vertreten. Die Ligninbildung der Zellwände ist ungleichmäßig fortgeschritten. Botanisch also noch immer Übergang, mit unseren Begriffen gedacht. Andererseits scheint die dazugehörige Orogenese abgeschlossen. Geologisch herrscht weitgehend Ruhe. Ich werde das in meinem Abschlussbericht aufführen."

„Sehr schön", sagte Paulus, offenbar zufrieden, und wandte sich an den Physiker: „Bei dir noch was unklar?"

„Nein, nein, alles im Kasten. Ein traumhaftes Plätzchen. Ich hab mir schon die Stelle für mein Ferienhäuschen ausgesucht - eine unglaublich schöne Lagune..."

„Also dann -" schnitt ihm Paulus die nicht ganz ernst gemeinte Schwärmerei ab. „Wir fliegen los."

Krolo ging einen Schritt auf seinen Sessel zu, blieb dann stehen und krümmte sich ein wenig, als ob er Leibschmerzen habe. „Halt... moment, ich meine... ist das schon alles? Was wirst du berichten, Paulus? Was ist deine Empfehlung?"

Paulus, ein erfahrener ehemaliger Transporterkommandant, gut zehn Jahre älter als seine zwei Mitarbeiter, drehte sich ruhig um und sah Krolo wie über den Brillenrand hinweg an. „Nun, ich werde unsere Abschlussberichte zusammenfassen, wie üblich, wenn alle Ergebnisse komplett vorliegen. Wir haben gute Arbeit geleistet. Dass ich den Planeten zur Besiedlung empfehlen werde, steht außer Zweifel. So eine Perle findet man selten. Das ist schon ein großer Erfolg."

„Genau das meine ich! Es ist eine Perle. Aber weißt du auch, was mit dieser Perle geschehen wird, wenn du deine Empfehlung abgegeben hast?"

„Natürlich weiß ich das. Ich war oft genug dabei. Es ist seltsam, dass du so fragst. Was ist denn mit dir?"

„Ich glaube, er steht unter Drogeneinfluss", mischte sich Schmider ein, wie gewohnt grinsend. „Er hat von einem verlockenden, sagen wir Neuropteris-Gewächs genascht und weiß jetzt nicht mehr, wo ihm der Kopf steht, oder? He, du taumelst ja wirklich!"

Nur mit Mühe kam der junge Paläontologe auf dem Sessel zum Sitzen, hatte sich jedoch gleich wieder in der Gewalt.

„Hört her, ihr Zwei, ihr habt das alles genau so gesehen wie ich. Ich habe nie etwas Schöneres erlebt. Zuerst kam ich mir fremd und deplatziert vor, in meiner Montur, mit der Technik und all den Absichten. Doch dann merkte ich, dass ich dennoch hineinpassen, ja dass ich dazugehören könnte. Es war, als wäre eine längst verschüttete Schicht in meinem Innern plötzlich ans Tageslicht gekommen, als wäre eine Vision, an die ich mich gar nicht mehr erinnerte, Wirklichkeit geworden. Schmider - du sprichst von der Lagune, wo du wohnen könntest, und das ist, wenn du ehrlich bist, nicht nur ein Spaß. Du willst es tatsächlich, du willst alles andere fahren lassen, um hier glücklich sein zu können, ohne Grenzen, Neid und Angst. Du traust dich nur nicht, dafür einzutreten. Und du, Paulus - auch du musst es gespürt haben, du tust nur so unbewegt, weil dich dein Pflichtgefühl dazu anhält, wo du doch in Wirklichkeit durch die Wälder laufen und bei Morgenanbruch im klaren Seewasser schwimmen willst. Oder etwa nicht?"

„Höre ich da den guten alten Jean Jacques trapsen?" spottete Schmider. „Oder ist das nur der progressive Adam-Effekt? Aber Adam ohne jede Eva? Ich weiß nicht. Vielleicht wünsche ich mir das Lagunenhäuschen, magst schon Recht haben, doch völlig ohne Cocktails, Holo-Programme, Einkaufszentren, Musik..."

„Sei still, Schmider!" raunzte Paulus, der Krolo aufmerksam ansah. „Er ist erst auf seiner dritten Erkundung, und selbst ich habe selten so einen Planeten wie den hier gesehen, das gebe ich gern zu. Er ist absolut unberührt. Und daher können wir ihn besiedeln, ohne uns Vorwürfe zu machen. Wir pfuschen niemandem ins Handwerk, nehmen keine Territorien weg, beschneiden keine Rechte, erregen nicht einmal Aufsehen. Wir können diesen Planeten gut gebrauchen, und wir werden behutsam mit ihm umgehen. Ich verstehe dich, Krolo, auch mich sprechen solche ästhetischen Reize an. Vor allem in dieser Fülle und dieser Reinheit. Aber gerade deshalb sollten und dürfen wir sie unseren Leuten nicht vorenthalten. Deine Bedenken mögen gut gemeint sein, aber sie klingen egoistisch und auch naiv. Keiner hätte Verständnis dafür, wenn sich herausstellte, dass wir einen besiedlungsfähigen Planeten erster Güte geheimhielten. Unser Job ist das Entdecken, nicht das Verstecken - ich hoffe, du verstehst, was ich meine." Ein Blick noch, halb mahnend, halb wohlwollend, dann machte sich Paulus wieder an seine Startvorbereitungen.

Seine letzten Sätze hatten Krolo aufgeschreckt, als der sich gerade mit der offenbaren Aussichtslosigkeit seines Anliegens abfinden wollte. Egoistisch? Naiv? Das war nun wirklich idiotisch, denn es ging ja nicht um ihn, sondern um eine Welt, die sich gegen einen Zugriff, der keineswegs behutsam sein würde, nicht wehren konnte. Mit Worten war da nichts mehr auszurichten, das war Krolo nun klar geworden. Er musste handeln, bevor es zu spät war. Er musste es wenigstens versuchen.

„Das wäre schon eine feine Sache, Kollege", säuselte Schmider, während sie zum Spähschiff flogen, das in einer Parkbahn um den Planeten kreiste. „So ein friedliches, natürliches Leben. Drei

Männer auf einem riesigen, urzeitlichen Floß, hehehe. Sich von Baumrinde, knackigen Käfern und Wasser ernähren, alle Zeit der Welt für Erinnerungen und Betrachtungen, Sport und Philosophie. Und vielleicht, vielleicht würden wir es sogar schaffen, eine ordentliche Schnapsbrennerei in Gang zu setzen, hehehe - aber das wär's dann schon. Wir würden nämlich aussterben, weißt du, so ganz ohne Frauen, und deshalb..."

„Sei still, Schmider", unterbrach ihn der Leiter, als der runde Leib des Spähschiffs vor ihnen sichtbar wurde.

Was für ein Glück, dass es nur zwei sind, dachte Krolo. Er war kein Kämpfer, und mit dem Begriff der Heimtücke hatte er sich noch nie ernsthaft auseinandersetzen müssen. Jetzt führte kein Weg mehr daran vorbei.

Das Landungsboot war eingeschleust. Paulus saß schon in der Pilotenkanzel des Schiffs, und Schmider war in seiner Kabine. Krolo hatte vorgegeben, sich ebenfalls zurückzuziehen, um sich sofort an seinen Abschlussbericht zu machen, war dann aber zum Medo-Raum gegangen. Nun stand er vor Schmiders Tür und meldete sich.

Die Tür ging auf.

„Du? Aber wir starten doch gleich..."

„Schmider, es ist sehr wichtig! Ich brauch es für meinen Bericht!"

„Unnötige Eile, wenn du mich fragst. Aber na gut." Der Physiker zuckte die Achseln, ließ ihn herein und ging zu einem Stuhl, um sich zu setzen. „Was ist es?" Er sah das große gezackte Blatt in Krolos rechter Hand. „Von einem deiner Paradiesbäume?"

„So ähnlich."

Mit zwei betont langsamen Schritten war er bei ihm, hob das Blatt - und drückte ihm mit der Linken die geöffnete Narkosekapsel unter die Nase. Schmider bewegte sich zuerst heftig, zerrte an Krolos Arm, hatte aber schon zuviel eingeatmet und erschlaffte schnell.

Krolo schob ihm die Reste der Kapsel in die Nasenlöcher, verließ die Kabine und ging rasch zum Steuerraum.

Die Kanzeltür war verriegelt, die Beschleunigung also schon im Gange, wie Krolo befürchtet hatte. Es blieb ihm nur eins: Er drückte die Alarmtaste.

Die Schiffsgeräusche nahmen sogleich einen anderen Ton an, denn die Aggregate fuhren zurück. Paulus würde jetzt reagieren müssen. Zunächst würde er seine Instrumente prüfen und keinen Fehler feststellen können. Dann würde er in den Kabinen nachfragen. Niemand würde sich melden. Dann...

Die Tür glitt auf. Paulus kam heraus - und verharrte.

„Was machst du denn hier?" fragte er überrascht.

„Es ist ein Notfall - Schmider ist verunglückt!" Krolo war drauf und dran, die Fassung zu verlieren. Er hatte nicht damit gerechnet, dass Paulus so schnell auftauchen würde.

„Wie das?"

„Er hat... hier!!" Er streckte ihm, ohne weiter zu überlegen, die Hand mit der Kapsel ins Gesicht, doch der Kommandant wehrte die Bewegung ab und warf sich auf den Angreifer.

„Was hast du vor?!" ächzte er noch. Dann stürzten sie zusammen hin und wälzten sich auf dem Gangboden.

Er ist stärker als ich, dachte Krolo sofort, fast in Panik. Aber der Kommandant machte den Fehler, seinen Arm auszustrecken, den Krolo zu fassen bekam und nach hinten drehte, wodurch er den Mann von seiner Brust hebeln konnte, so dass dieser mit dem Kopf an die Kante der Türeinfassung geriet. Während Paulus noch das Gesicht unter Schmerzen verzog und aufkeuchte, hatte Krolo ihm schon mit der freien Hand in den Haarschopf gegriffen und damit begonnen, den Kopf berserkerhaft gegen die Kante zu schlagen - wieder und wieder dagegen zu schlagen, bis der Ältere kein Lebenszeichen mehr von sich gab.

Krolo erhob sich, schwer atmend und mit stechenden Schmerzen im Rücken. Er sah das Gesicht. Und er sah den dunklen Strom, der sich langsam auf dem Gangboden ausbreitete, suchend, sich verzweigend. Ein Blutdelta.

„Scheißegal! Scheißegal!!" kreischte er und warf den Kopf in den Nacken, die Augen aufgerissen, um sich vom Ganglicht blenden zu lassen. Es ist... vorbei. Die Steuerung!

Alles war auf Stopp. Er konnte das Schiff weder umkehren noch landen. Was er wusste, waren nur ein paar Koordinaten und wie sie einzugeben waren. Also ging er zum Rechner und hieb ein imaginäres Ziel in ungefährer Richtung des galaktischen Zentrums in die Tasten.

Wir fliegen trotz allem weiter, sagte ihm sein Rest klaren Verstands, du musst dich also beeilen, wenn du mit dem Landungsboot zurück willst.

Er hastete zu seiner Kabine, die Schmerzen missachtend, warf alle seine Besitztümer in eine große Tasche, versorgte sich im Medo-Raum mit den nötigsten Medikamenten, schleppte die Tasche zum Landungsboot, prüfte, ob die Koordinaten des Planeten noch gespeichert waren, um dann noch einmal zur Steuerkanzel zurückzukehren. Dort schaltete er den Alarm aus, aktivierte die Automatik und stellte eine Startverzögerung von fünf Minuten ein. Dann ging er wieder zum Boot.

Keiner wird sie mehr finden, dachte er, als er auf den kleinen Monitor sah, der das Spähschiff zeigte, wie es beschleunigte und schließlich verschwand. Vielleicht wird Schmider noch aufwachen und sich fragen... nein, wahrscheinlich nicht. So eine Kapsel hält lange vor. Wahrscheinlich werden sie bald in eine Sonne stürzen. Sie. Er. Es. Ja, in eine Sonne stürzen. Ausgetilgt. Spurlos weg.
Auf einem anderen Monitor sah er, wie der Planet - sein Planet - allmählich größer wurde.
Für den Anfang habe ich alles, was ich brauche: das Boot, die Gleiter, Geräte, Verpflegung, Tabletten, Bücher. Ich werde über das Land und die Meere fahren, von Kontinent zu Kontinent fliegen, Karten zeichnen, eine Enzyklopädie in Angriff nehmen. Das Leben studieren, das wunderbare, unverdorbene Leben. Ja, ich werde lernen, werde mich anpassen, Nahrung suchen, ein Haus bauen und vieles mehr, so vieles... ach, ihr Narren! Ich habe es euch vorgeschlagen. Warum wolltet ihr nicht?
Sein Rücken pochte.
Ich werde einer schönen Lagune seinen Namen geben. Die Schmider-Lagune. Vielleicht werde ich da eine Weile leben. Und nach ihm werde ich ein Gebirge benennen. Ja: das Paulus-Gebirge. Es müssen große, stolze Berge sein. Es wird...
Er hustete und versuchte, seinen Rücken still zu halten. Sobald er Zeit dafür hatte, musste er ein Schmerzmittel nehmen. Aber die Landung stand kurz bevor. Er suchte nach der Taste, die die Anflugautomatik aktivierte, und konnte sie nicht finden. Verdammt, die Automatik! Ich hab so ein Ding noch nie geflogen!

Der Planet auf dem Monitor wuchs und wuchs. Krolo glaubte zu sehen, wie er selbst durch einen tropischen Wald lief, und er sah große grüne Blätter sich wie Frauenhände nach ihm ausstrecken, sah plötzlich, wie sie rot wurden, zerliefen, sich verzweigten...

Ein akustisches Signal fuhr ihm in die Ohren. Er wusste nicht, woher es kam und was es bedeutete. Der Antrieb summte dumpf. Die Schmerzen und die Notwendigkeit, die rettende Taste zu finden, verwirrten ihn. Als er sich zur Seite drehte, um nach weiteren Anzeigen zu sehen, stach ihm ein Schwert durch den Leib. Er schrie auf und stürzte aus dem Sessel.

Vorbei! Nein, noch nicht, irgendwie muss es zu stoppen sein. Ich muss...

Er zog sich am Armaturenpult hoch und drückte unkontrolliert verschiedene Tasten. Nichts veränderte sich. Auf dem Monitor zeigten sich die ersten Streifen verdrängter, erhitzter Luft. Ein Hieb auf ein benachbartes Tastenfeld, der ebensowenig ausrichtete, ließ Krolo wieder schmerzerfüllt zusammenbrechen. Wut stieg in ihm auf, und mit einer wilden, rücksichtslosen Gewaltanstrengung stemmte er sich hoch und warf sich aufs Pult. Nun tönten mehrere Signale zugleich, ein Vibrieren ging durch die Zelle, doch die Motoren des Landungsboots arbeiteten unverändert weiter.

Er sah die Lichter, die Tasten und die Regler, die ihn hätten retten sollen, verschwommen in weiter Ferne. Auch den Monitor, auf dem die brennende Luft einen leuchtenden Aufruhr zeichnete. Der Schmerz, der seinen Rücken vorher in Flammen gesetzt hatte, betäubte ihn nun fast vollständig. Da war das Grün. Natur. Mittendrin war ein Gesicht. Da war das Rot. Es breitete sich aus. Wachsende Finger. Zerstörung. Blutdelta.

Er merkte es kaum, als er erneut zu Boden ging. Sein Bewusstsein verengte sich. Ohne allzu großes Interesse fragte er sich, ob er wohl verbrennen oder zerschellen werde. Die Vibrationen wurden heftiger. Er sah, wie die Lichter der Kanzeldecke flackerten. Keine Angst mehr. Vorbei. Was er noch empfand, war Trauer. Zuletzt dachte er: Also werde ich wirklich hierbleiben. Anders als ich es wollte. Aber immerhin. Ich habe es versucht, und ich habe mich nicht gebeugt. Das ist das Wichtigste.

Das Wichtigste...

Vor vier Tagen hatte er sich der Jungfrau offenbart. Ausführlich. Und er hatte gedacht: Du bist die, die mich reinigen wird. Und zum ersten Mal in seinem Leben hatte er sich dabei wirklich vorwärts bewegt. Er wusste jetzt: Dieses Wort, das alle verwenden, wenn sie nicht mehr weiter wissen, ist ein anderes Wort für Rache und Vernichtung. Es ist ein Instrument der Verschleierung. Es nimmt keine Rücksicht auf abweichende Gefühle. Es täuscht und tötet. Das ist alles.

Ankersdorf war eine kleine Gemeinde im Südosten des Landes. Inzwischen hatte sie einen zweiten Namen: Pursola. Vor rund zehn Jahren, als die zweite große Welle der Sakina ins Land schwappte, waren Tausende von Flüchtlingen dort eingetroffen. Und sie waren nicht allein gekommen: Mit sich hatten sie den Gelbstein gebracht, die Reliquie des Saka-Glaubens, das wertvollste Gut dieses nunmehr zersprengten, aus seiner Heimat verjagten Volkes.

Allein deshalb hatten sich im Zuge der folgenden Flüchtlingswellen mehr Sakina in Ankersdorf niedergelassen als irgendwo sonst, und bald übertraf ihre Zahl die der eingesessenen Ortsbewohner um ein Mehrfaches. Aus Nächstenliebe, wie es hieß, errichtete das Innenministerium Siedlungen am Ortsrand und finanzierte auch den Bau der Pyramide, die von den Sakina als Tempel und Gelbsteinhort so sehnlich erbeten wurde, da doch der Stein schon Jahrhunderte lang in einer solchen, wenngleich größeren Pyramide geborgen gewesen war.

Nur so, hatten sie argumentiert, könnte ihm die gebührende Verehrung entgegen gebracht werden. Und aus Dank für die Berücksichtigung ihrer Wünsche widmeten die Sakina ihre ersten Gebete am neu geweihten Ort der Regierung und tauften Ankersdorf in Pursola um, was in ihrer Sprache „Ewigkeit" heißt. Die Ankersdorfer, die sich nun als Minderheit betrachten mussten, sahen nach anfänglichen, halblauten Protesten bald ein, dass hieran nicht mehr viel auszurichten war. Dann verstummten sie, arrangierten sich oder verschwanden.

Ankersdorf hieß nun Pursola und war damit zur Heiligen Stätte geworden. Wer wollte, konnte das auch als Kompliment verstehen.

Serg hatte sich in einer Pension unweit des Sperrbezirks einquartiert. Mit der großen Menge, die sich eine solche Unterbringung nicht leisten konnte, machte er sich nicht gemein. In der Zeltstadt, die Pursola weitflächig umschloss und wo die echten Sakina unter sich waren, hatte er als Konvertit nichts zu suchen. Für ihn war es weder notwendig noch wünschenswert.

Aus dem Fenster im zweiten Stock sah er über Garagendächer hinweg aufs Westtor und die metallenen Barrieren links und rechts davon. Vor dem Tor drängten sich gelb gekleidete Sakina, die nichts anderes im Kopf hatten, als nun bald ihre Lippen auf den Heiligen Stein pressen zu dürfen. Neben einer herunter gelassenen Schranke ratterte unaufhörlich das Drehkreuz. Bewaffnete Posten überprüften die Pilger, die daraufhin in einem grauen Flachdachgebäude verschwanden, wo sie gründliche Körperkontrollen über sich ergehen lassen mussten. Ihr weiterer Weg entzog sich Sergs Blick, doch er kannte ihn auch so: fünfmaliges Umrunden des gesegneten Areals mit fünfzehn jeweils zehnminütigen Gebetstopps, Einreihen und Abwarten vor der Pyramide, gemeinsamer Gesang inklusive, letzte Kontrolle am Eingang, langsames Weiterrücken und dann, irgendwann, schlussendlich - die köstliche Berührung, die Erfüllung, das Ziel aller Ziele.

Serg (ein Name, der in der Sprache der Sakina „der Zurückhaltende" bedeutete) gelüstete es immer noch nach einem Bier und einer Zigarette. Und noch immer gelang es ihm problemlos, das Verlangen zu unterdrücken. Auch wenn er hier unbeobachtet war, so würde spätestens bei der Blutprobe der Frevel ans Licht kommen. Also begnügte er sich mit dem Tee, den ihm der kleine Zimmerautomat zubereitete.

Nachdem er die Tasse ausgetrunken hatte, ließ er sich aufs Bett fallen, starrte das an der Wand befestigte Bildnis des heiligen gelben Steins an und begann, einen Gebetstext zu murmeln. Natürlich konnte er alles, was es an Gebetstexten gab, längst auswendig. Er war gut vorbereitet. Sie werden sterben wie die Fliegen, dachte er. Wie die Fliegen.

Staatssekretär Heitwohn konnte es sich erlauben, Bier zu trinken. Ihm gegenüber am wuchtigen Mahagonitisch des Besprechungsraums saß Monsignore Zeitler, inoffizieller Berater des Religionsministeriums, und trank Kaffee.

„Dass wir aus der Sicht unserer Glaubensbrüder und -schwestern Schuld auf uns geladen haben, steht außer Zweifel", sagte Heitwohn, bevor er zum Glas griff.

Zeitler nickte und setzte seine Tasse sachte auf den Unterteller. „Ich bin sehr froh, dass dies seitens der Politik neuerdings eingeräumt wird. Oft genug bin ich gefragt worden, ob das Ministerium nicht bald Verantwortung übernehmen wolle und warum ich keinen Einfluss darauf nehmen könne. Es fällt schwer, sich in diesen Zeiten zu rechtfertigen."

„Wem sagen Sie das. Es bleibt die Frage, was zu tun ist."

„Es gibt immer eine Form der Wiedergutmachung, wenn die Schuld, die man auf sich geladen hat, von irdischer Natur ist."

„Natürlich ist sie das. Dennoch sind wir auf die Hilfe der Kirche angewiesen."

„Meine Kollegen sind genügend damit beschäftigt zu besänftigen, wo sie auf Entrüstung, ja Wut stoßen. Oder aufzumuntern, wo Verzweiflung erkennbar ist. Eindringlich schildern sie mir, wie nah die Gefühle unserer Brüder und Schwestern im Glauben vor dem Ausbruch stehen."

„Ach ja. Ich kann das Gerede von der gefährdeten Sozietät bald nicht mehr hören." Heitwohn spürte, dass sein Gegenüber die Maskerade durchschaute und auf den entscheidenden Punkt wartete. Doch die Form musste gewahrt werden.

„Aber es trifft zu. Die erhoffte Assimilation ist nicht eingetreten. Die Saka-Bewegung hat sich etabliert und grenzt sich ab." Zeitler machte eine weite Geste der Hilflosigkeit. „Wir können beim besten Willen keinen Einfluss nehmen."

„Es war ein Fehler, mit Dankbarkeit zu rechnen", seufzte Heitwohn. „Überdies sind sie inzwischen finanzstark genug, sich nicht von Auflagen beeindrucken zu lassen."

„Internationale Verbindungen."

„So ist es." Heitwohn räusperte sich. „Sagen Sie mir offen, Monsignore, ob Sie die um sich greifende Einschätzung teilen, dass es sich hierbei um ein Bedrohungspotenzial handelt."

Zeitler spielte mit dem Kaffeelöffel.

„Es deutet einiges daraufhin, nicht wahr? Nun... da Sie mich um Offenheit bitten: Saka ist ein Fremdkörper. Saka sucht nicht die Sympathien Andersgläubiger. Saka weicht der Konfrontation nicht aus." Der Geistliche symbolisierte mit den Händen zwei gegeneinander wirkende Kräfte. „Auf der anderen Seite müssen wir den Nachteil des Christentums erkennen, durch das abendländische Erbe der Toleranz gewissermaßen aufgeweicht zu sein. Ich rede jetzt vor allem von der Kirche. Sie kann diskutieren, aber nicht kämpfen. Das war einmal."

Heitwohn registrierte das Bedauern seines Gesprächspartners mit Genugtuung. Das ist fast schon das, was ich von dir hören wollte, dachte er. „Ja. Schlimm. Natürlich müssen wir den Unmut der Bürger ernst nehmen. Es sollte einen Weg geben, dem arroganten und aggressiven Gehabe der Sakina Einhalt zu gebieten."

„Ein schwieriges Unterfangen."

„Nur die wirklich Unbefleckten sind unangreifbar", sagte der Staatssekretär und genehmigte sich einen Schluck Bier. „Doch so eine reine Weste scheinen unsere Freunde nicht zu haben." Wieder machte er eine Pause, indem er zum Schreibtisch schaute, als sei ihm gerade etwas eingefallen. „Bemerkenswerterweise deutet einiges daraufhin, dass bei ihnen Drogen im Umlauf sind."

„Oh!?"

„Ja. Ekstasefördernde Mittel, die den Pilgern verabreicht werden. Die Informationen hierüber häufen sich und erscheinen zuverlässig. Wir gehen der Sache zur Zeit nach."

„Sehr interessant!" Monsignore Zeitler saß nun sehr aufrecht.

Heitwohn hatte sich erhoben und eine Akte vom Schreibtisch geholt, die er dem Geistlichen reichte. „Wir haben ein Dossier anlegen lassen. Sobald wir ausreichend Klarheit über die Angelegenheit haben, dürfte das auch für die Kirchenmedien von einiger Bedeutung sein, nehme ich an."

„Allerdings, allerdings", murmelte Zeitler, bereits eifrig lesend. Nach einer Weile sah er auf. „Wann werden wir Bescheid bekommen?"

„In ein paar Tagen."

„Sehr gut. Dann haben wir endlich einen Ansatzpunkt, nicht wahr?"

„So ist es."

Beim Abschied blinzelte Zeitler dem Staatssekretär zu. „Sie hätten es nicht gar so spannend machen müssen, mein lieber Heitwohn."

„Verzeihen Sie mir, Monsignore", entgegnete dieser lächelnd, „aber ich wollte zunächst Ihre Meinung hören. Unvoreingenommen, verstehen Sie? Ich wollte nicht den Eindruck erwecken, übermäßige Eile an den Tag zu legen."

Als er allein war, griff Heitwohn wieder zum Glas mit dem kunstvoll eingravierten Kreuz und trank es leer. Er war überzeugt, dass der Kirchenmann unverzüglich seine Propagandamaschine in Bewegung setzen würde, ohne länger auf den Abschluss der Untersuchungen zu warten. Was dann kommen musste, war eine offizielle Erklärung des Religionsministers. Ach ja, und Koch musste natürlich seine Arbeit erledigen.

Fertig angekleidet, mit gelber Hose und gelber Jacke, stand Serg vor dem Spiegel. Das Schutzgel, mit dem er sein Gesicht eingerieben hatte, war eingezogen. Er streifte sich die medizinischen Handschuhe über und öffnete das Päckchen. Vorsichtig löste er den Schutzumschlag. Dann hielt er die hauchdünne, kaum sichtbare Folie zwischen den Fingerspitzen.

Was für ein zartes, harmloses Ding, dachte er ironisch, während er die Gesichtsmuskulatur entspannte, so dass sich der Unterkiefer leicht absenkte und der Mund eine schmale Öffnung bildete. Mit langsamer, sicherer Bewegung führte er die Folie heran und legte sie sich sachte auf. Feucht und kühl berührte die Innenfläche seine Lippen. Behutsam strich Serg über den Rand des Ovals, bis es vollkommen anhaftete.

Er ging noch dichter an den Spiegel heran, drehte den Kopf hin und her, schnitt Grimassen. Ein schwacher Widerstand war zu spüren, doch zu sehen war nichts. Perfekt.

Jetzt erst ließ er die Hände sinken. Oft genug hatte er die Prozedur geübt, anstrengend blieb sie dennoch. Ein Saka-Lied summend streifte er die Handschuhe ab, desinfizierte sie zusammen mit der Schutzhülle und verstaute sie in einer Tasche. Nachdem er alles weitere erledigt hatte, verließ er die Pension.

Vor dem Westtor mischte er sich unter die gelbe Menge. Rhythmische Anrufungen in verschiedenen Sprachen, vereinzelte hysterische Schreie und wüste Beschimpfungen zwischen rivalisierenden Dränglern mischten sich zu einer herben akustischen Kulisse. Mit nicht geringem körperlichen Einsatz schaffte er es binnen einer halben Stunde bis zum Drehkreuz. Dahinter wurde er von den Wachtposten in Empfang genommen, die ihn grob betatschten und mehrmals herumdrehten, während sie seinem Ausweis nur flüchtige Beachtung schenkten. Schließlich fand er sich am Ende einer Menschenschlange, die sich zum Eingang der Kontrollbaracke hinwandt. Hier ging es ruhiger zu, da die knüppelbewehrten Aufpasser jede Schubserei sofort unterbanden.

Nach einer guten Stunde stand Serg vor dem ersten Tisch. Blutabnahme. Am zweiten Tisch wurde er aufgefordert, sich zu entkleiden. Kabinen gab es nicht. Falls sich jemand schämte, war das sein Problem. Nach gründlicher Untersuchung seiner Kleidung konnte sich Serg wieder anziehen. Vor dem dritten Tisch musste er erneut warten, bis er an der Reihe war. Der Mann auf der anderen Seite, dessen rote Scherpe ihn als Geistlichen auswies, nahm vorerst keine Notiz von ihm.

Das Ergebnis des Bluttests sollte inzwischen vorliegen, mutmaßte Serg, während er den Priester-Offizier beobachtete, dessen Blick zwischen dem Monitor und der vor ihm liegenden Ausweiskarte hin und her pendelte. Serg geduldete sich. Eine schnelle Abwicklung der Kontrollen hätte dem Prüfungsritual widersprochen, soviel war ihm klar. Irgendwann würden sie kommen, die Fragen.

Dann kam die erste: „Dein Name?"

„Serg."

Der Fragende sah noch immer nicht auf. Er betrachtete den Monitor.

„Geburtsname?"

„Anton Waller."

Pause. Dann: „Seit wann Sakina?"

„Seit fünf Jahren. Konvertierter Christ."

Erneute Pause. Dann: „Nenne mir deine Pflichten."

Serg spulte sie runter und kam sich insgeheim lächerlich vor.

„Meinst du, Saka wird dich anhören?" kam die nächste Frage von dem nach wie vor dem Monitor zugewandten Gesicht des Priesters.

„O Bruder, ich wäre nicht hier, wenn ich nicht wüsste, dass Saka meine Gebete erhören wird", antwortete er entschieden, aber freundlich. Nur weiter so, ich sage dir alles, was du hören willst, du Knalltüte, dachte Serg.

Nach einigen Minuten wurde der Ausweis über den Tisch geschoben. „Es ist gut. Gehe zu ihm."

Dankbar verneigte sich Serg und verließ die Baracke. Er hat mir kein einziges Mal in die Augen geschaut, resümierte er. Das soll eine Kontrolle sein? Vielleicht hasst er seinen Job. Oder seine Erfahrung sagt ihm, dass er es hier ohnehin nur mit Verrückten zu tun hat.

Im lichten Rund des Tempelareals offenbarte sich ihm ein geradezu klassisches Panorama religiösen Taumels. Keine fünf Schritte entfernt knieten oder lagen sie schon auf dem harten Grund, schrien, heulten und winselten. Ringsherum zog sich die Kette der fast ans Ziel gelangten Pilger, hier und da angereichert von den gekrümmten Rücken derer, die sich für eines der fünfzehn vorgeschriebenen Gebete hingekauert hatten. Auch abseits des Zirkels waren menschliche Häuflein zu sehen, streunten Einzelne oder Gruppen, noch sehnend oder schon beglückt (gelbe Pilzwucherungen auf einer grauen Platte, fiel ihm dazu ein), und darüber lag Gewimmer, Palaver und Lobgesang. Nur registrieren, nichts anmerken lassen, zwang er sich zu innerer Disziplin.

Ja, ich gehöre jetzt dazu, ich will dazugehören, feuerte er sich an, ja, jaaa! Und er riss die Arme hoch, rannte ein paar Meter, um sich dann zu Boden zu werfen. Laut preisend: „O Saka, du Allerneuerer, die Kraft meines Glaubens hat mich zu dir geführt, wie meine Seele immer bei dir war, so ist jetzt mein Leib zu dir gekommen, deine Nähe macht mein Leben erstrahlen, belohnt meine kümmerlichen Anstrengungen, nährt mein Verlangen, in deinem herrlichen Schoß das größte Glück zu erfahren..."

Das war erst das Vorspiel. Nach einer Weile, die er für angemessen hielt, raffte sich Serg auf, glückselig lächelnd, und begann mit dem Hauptteil: dem vielstufigen Gebetsring. Eine Tortur für jeden, der ohne innere Überzeugung die Rolle eines pflichtbewussten Sakina spielte - aber zu ertragen für den, der wusste, dass ein höheres Ziel dahinter stand.

Zwei Stunden benötigte Serg, um es hinter sich zu bringen. Dank seiner guten Kondition fühlte er sich danach noch einigermaßen fit, von den schmerzenden Knien mal abgesehen. Die anderen, die mit ihm nun den Eingang der Pyramide anstrebten, wirkten erschöpft, einige geradezu krank - und dennoch strahlten sie. Entmenschte Kreaturen, dachte er mitleidlos, man könnte ihnen die Beine abhacken, und sie würden weiter kriechen, nur um bei Saka zu sein.

Er erreichte die Zone des unaufhörlichen Gesangs. Ein fluktuierender Chor. Vorn, an der Pyramide, verstummend, hinten durch die Neuankömmlinge angereichert. Mit immergleichem Text. (O Saka, o Saka, Macher und Bestimmer, Quell aller Liebe, Grund aller Zeiten, unendliches Wunder, o Saka, o Saka...)

Es ging zäh voran, viel zu zäh für Serg, der das laute, monotone Singen wesentlich ärger empfand als den vorherigen Gebetszyklus. Ihm fiel die Gelassenheit der Posten auf, die dem akustischen Terror stundenlang ausgesetzt waren. Er vermutete, dass sie sich unauffällig dagegen gewappnet hatten. Religiöse Teilnahme war ihnen, wie allen anderen Aufsehern, nicht anzumerken.

Keine fünf Meter trennten ihn noch vom Tempeleingang - da hörte er die Frauenstimme hinter sich. Er wusste nicht, warum er sie nicht vorher wahrgenommen hatte. Vielleicht war sie zu leise gewesen. Natürlich waren hier fast ebenso viele Frauen wie Männer. Allerdings hatte er bislang weder eine Frau noch einen Mann bewusst zur Kenntnis genommen.

Als er sich umdrehte - was nicht in Gefahr stand, auffällig zu wirken, da kaum einer der Pilger die ganze Zeit nur nach vorn starrte - sah er über die krumme Schulter seines Hintermanns hinweg in ihr Gesicht. Im selben Moment wusste er, dass er das nicht hätte tun dürfen.

Während er nun wieder zu der düsteren, trapezförmigen Öffnung in der Tempelmauer hinsah und weitersang, als wäre nichts gewesen, spürte er, dass sich die Situation für ihn geändert hatte.

Darauf war er nicht vorbereitet gewesen, nicht auf einen solchen Anblick, der um so heftiger auf ihn wirkte, da er davon ausgegangen war, von prinzipiell abstoßender Fremdartigkeit umgeben zu sein. Wie kommt sie hierher? fragte er sich. Wie kann so ein Wesen in die Fänge Sakas geraten? Er wusste zugleich, dass es Unsinn war, so zu fragen. Der Glaube nistete sich da ein, wo er Nährboden fand; alles andere spielte keine Rolle.

Die Vorstellung, dass die Frau mit dem bezaubernden Gesicht demnächst sterben und er ihr Mörder sein würde, nagte dennoch weiter in ihm. Könnte er nicht aus der Schlange ausscheren, damit sie an ihm vorbei nach vorn gelangte? Vorbei an der Todesscheide, von der nur er wusste und die er nun erst als solche empfand?

Es war unmöglich: Schon befand er sich unmittelbar vor dem Eingang, eingeengt von metallenen Gittern, hinter denen Aufseher standen. Mit einem gewaltsamen Ausbruch würde er alles, worauf es wirklich ankam, in Gefahr bringen. Zu spät. Vorbei. Erledigt.

Dunkle Stimmung und kühle Luft umfingen ihn. Die Pilger vor ihm wurden zu schwarzen, ununterscheidbaren Silhouetten. Von der Spitze der Pyramide herab hing an langer Kette eine Lampe, die schwaches rötliches Licht verbreitete, das er nur allmählich wahrnahm.

(Sie wird sterben, ging es ihm weiter durch den Kopf, in einem sinnlosen inneren Kampf, dessen Ausgang längst feststand. Wenn ich sie nicht gesehen hätte, würde sie auch sterben. Und es kommen Hunderte, ja Tausende von Frauen und Männern nach ihr, schöne, unauffällige oder hässliche, die ebenfalls sterben werden, und nicht ich bin es, der sie verurteilt hat, sondern es ist ihr eigener Wahn. Es ist Saka, der ihnen den Tod bringt.)

Serg erkannte den Stein, als er noch drei Pilger vor sich hatte. Er war so groß wie ein Menschenschädel und lag auf einer starken, rund einen Meter hohen Steinsäule, von einem Eisenband festgehalten. Seine gelbe Farbe war in dem düsteren Rotlicht nicht zu sehen. Der Mann, der jetzt an der Reihe war, kniete nieder, berührte die Säule zaghaft mit beiden Händen, murmelte etwas und küsste dann den Stein. Einmal, zweimal. Er verharrte einige

Augenblicke, küsste ihn erneut, und stand mühsam auf. Zögerlich wich er einen Schritt zurück, ging wieder in die Knie. Wie unendlich wertvoll musste ihm dieser Moment sein, dass er so daran festhalten wollte. Wo doch die Vorschrift nur eine halbe Minute Verweilzeit gestattete und die Steinwächter darauf achteten, dass sich jeder daran hielt. Doch schwerer als das Bedauern über die allzu kurze Berührung wog die Erfüllung, das Glück. Ja, er hat Glück, dachte Serg bitter, als der Mann das Heiligtum verließ. Er ist einer der Letzten, die sich ihres Glücks erfreuen können.

Schließlich war es soweit. Sorgfältig, in einer Bewegung, die wie ein Kuss auszusehen hatte, strich Serg mit leicht eingezogenen Lippen über die glatte Fläche des Steins. Er nahm den Kopf zurück, insgeheim die Sekunden zählend, um dann, seitlich versetzt und in umgekehrter Richtung, nochmals den hauchdünnen Film über den Stein zu führen. Das genügte.

Er erhob sich, verneigte sich schüchtern und ging langsam davon. Nur nach vorn sehen, befahl er sich, nur nach vorn!

„... erschreckende Tatsache, dass im Gebiet von Ankersdorf, das von der Saka-Bewegung Pursola genannt wird, massiv Drogen an die Pilger verabreicht werden, um deren religiöse Begeisterung zu stimulieren. Dies stellt nicht nur einen Bruch von Gesetzen dar, denen sich auch Angehörige anderer Religionen, wenn sie sich in unserem Land bewegen, zu fügen haben. Es ist dies in unseren Augen auch ein unverzeihlicher, menschenverachtender Frevel. Denn es ist allen bekannt, dass der Großteil der in Ankersdorf eintreffenden Pilger eine entsagungsreiche Vorbereitungszeit und oft auch eine lange Anreise hinter sich hat. Diese Menschen sind geschwächt, und die Begegnung mit dem von ihnen verehrten Objekt verlangt ihnen nochmals Kräfte ab. Die Einnahme von Drogen setzt sie daher unmittelbarer Todesgefahr aus. Ich sage es ganz offen: Diese Anmaßung, einen Zustand religiöser Freude vorzugeben, wo diese durch illegale Mittel hervorgerufen wird, kann Gott nicht entgehen. Er sieht auf Ankersdorf, er sieht das falsche Spiel, das dort zum Schaden seines Ansehens getrieben wird. So wie er auch die Arroganz und Militanz sieht, die die Saka-Priester gegenüber unserer eigenen Glaubensüberzeugung an den Tag legen. Wir beten für die armen Pilger, dass sie den Missbrauch überstehen mögen. Doch niemand wird Gott daran hindern, sein Urteil zu fällen. Gott ist gerecht, doch wen er strafen will, den straft er hart."

Heitwohn war zufrieden. Endlich kam was in Bewegung. Gott war auf der Seite der Regierung. Man hatte lange darauf warten müssen, aber Gott ließ sich eben nicht drängen.

„Sobald wir Kenntnis darüber haben, dass es vermehrt zu Todesfällen kommt, was mehr denn je befürchtet werden muss, werden wir unverzüglich die zum Schutz der Bevölkerung geeigneten Maßnahmen..."

Der Religionsminister sprach überzeugend. Er war ja auch überzeugt. Natürlich hatte ihn Heitwohn nicht eingeweiht. Je weniger Personen die Hintergründe kannten, desto besser. Auch Zeitler kannte noch lange nicht alle Details, die Geheimdienstler, die Koch präpariert hatten, wussten nur das, was sie unbedingt wissen sollten, und fast gar nichts wussten die Biologen, die diesen göttlichen Bazillus gezüchtet hatten.

Tja, Koch. Zwar wäre es sicherer gewesen, ihn aus dem Weg zu räumen, aber praktisch ließ sich das nicht verantworten. Zudem war er zuverlässig, ein erprobter Profi und gefestigter Christ. Er wurde reichlich belohnt, das musste ausreichen.

Nach wenigen Tagen berichteten die kirchlichen Massenmedien von ernsthaft erkrankten Pilgern, die sich in die Behandlung Ankersdorfer Ärzte begeben hätten, da, wie es hieß, die Saka-Ärzte bereits überfordert wären. Es war daher zu vermuten, dass die Zahl der Erkrankten tatsächlich weitaus höher lag. Die Symptome wiesen, wie vom Religionsminister bereits angesprochen, auf Drogenmissbrauch hin: physische Erschöpfung, Bewusstseinsstörungen wie Halluzinationen und psychoseähnliche Zustände. In kurzer Zeit hätten sich die Fälle in geradezu infektiösem Ausmaß gehäuft, was auf die anhaltende Verantwortungslosigkeit der Saka-Offiziere zurückgeführt wurde. Kein Therapeutikum schien etwas gegen die Krankheit - „Frevelbefall", wie sie nun genannt wurde - ausrichten zu können. Drogenspezialisten erklärten, dass sie noch nie etwas Derartiges gesehen hätten. Angesehene christliche Ärzte deuteten jedoch an, dass es eine orientalische Pflanze gäbe, deren Saft schon in geringsten Dosen die beschriebenen Wirkungen hervorrufe. Gegenmittel seien nicht bekannt, der Eintritt des Todes könne bestenfalls um einige Tage hinausgeschoben werden.

Er legte die Zeitung zur Seite. „Die Saka-Lemminge stehen am Abgrund", hatte er im Leitartikel gelesen. „Gott beweist uns allen, dass er sich nicht betrügen lässt." Noch gab es keine Fotos. Aber es würde nicht mehr lange dauern. Die Reporter rannten den Ärzten schon die Türen ein. Er würde demnächst einen weiten Bogen um jeden Kiosk machen.

Die, die es zurück in ihre Heimat geschafft haben, werden Angehörige und Freunde geküsst haben, dachte er. Auch da werden also bald die Ärzte überfordert und die Drogenspezialisten überfragt sein. Doch was wird sein, wenn ein Infizierter einen Freund küsst, der kein Sakina ist? Was wird sein, wenn der erste Christ der Seuche zum Opfer fällt?

Er trank das Bier leer und drückte die Zigarette aus. Auf beides hatte er längere Zeit verzichten müssen, und nun hatte es ihm überhaupt nicht geschmeckt. Er winkte dem Ober und zahlte. Dann ging er zur Straße und wartete auf ein Taxi.

Das spürbare Voranschreiten der Tageszeit vermochte den statischen Eindruck, der von der teigigen Himmelsblase über der harten Stadtkontur herab wirkte, kaum zu erschüttern. Nur ein Mensch, dort, irgendwo auf dem schmalen Parkgelände jenseits der nächsten Verkehrsbahn, stach hinein in das erstarrt scheinende Bild, allein durch seine erwartete Präsenz.

Scymias fühlte sich ungemütlich. Diese nun vermutlich bevorstehende Begegnung mit einem fremden Menschen war ihm allzu ungewiss. Als Chefagent des Großen Aufklärers legte er Wert darauf, gut vorbereitet auf andere zu treffen. Diesmal war es anders. Und noch schlimmer war, dass er keine Alternative hatte. Denn es konnte sein, und einiges deutete darauf hin, dass es eine bedeutende Begegnung würde. Der Mann, den er treffen sollte, war offenbar der einzige, der über das mysteriöse Verschwinden eines Raumschiffs Auskunft geben konnte. Bis vor drei Tagen, als das Angebot für ein Treffen einging, hatte kaum jemand von der Existenz des Mannes gewusst.

Als Scymias den schmalen Parkstreifen erreichte, sah er ihn sofort. Niemand sonst war hier, nur er, der in einem dunklen Mantel und mit hängendem Kopf auf einer Bank saß wie ein übrig gebliebener Flecken der soeben gewichenen Nacht.

„Sie sind Trendevaloor?"

Der Mann sah auf. Sehr langsam. Sein breites, fahles Gesicht ließ weder Überraschung noch Interesse erkennen. „Der bin ich. Ja", sagte er. Ein Zucken ging durch seinen Oberkörper. Die Gegenfrage sparte er sich.

„Gut. Ich bin Scymias. Zeigen Sie mir bitte Ihre Karte." Zugleich streckte er dem anderen seine eigene Karte hin.

Trendevaloor holte mit mühsamer Bewegung, dabei offenbar einen Hustenreiz unterdrückend, seine Ausweiskarte aus einer Manteltasche, während er einen flüchtigen Blick auf Scymias' hingehaltene Hand warf. „Schon gut. Stecken Sie Ihre wieder ein. Ich weiß, dass Sie's sind."

Der Chefagent versicherte sich, dass sein Gegenüber derjenige war, als der er sich ausgegeben hatte, und gab ihm die Karte zurück. „Soso, Sie wissen das also. Dann dürften Sie auch wissen, dass ich solche frühen Termine nicht sonderlich mag. Ich könnte jetzt noch im Bett liegen und schöne Träume haben."

„Ihre Träume, Scymias, sind nichts gegen das, was ich Ihnen anbiete", entgegnete Trendevaloor, die letzten Worte geradezu zerquetschend, da er husten musste, qualvoll und anhaltend. Ungeduldig wartete Scymias, der immer noch stand, den Anfall ab. Er fragte sich, ob der andere tatsächlich krank war oder es nur vortäuschte. „Sie machen es spannend. Es handelt sich also um die Serena, ja?"

„Es handelt sich um die Serena. Ja..." - und schon wieder hustete er, und die Anstrengung, mit der er sich gegen den unangenehmen Reiz wehrte, war ihm anzusehen. „Ich bin der Bruder des Kommandanten", brachte er schließlich ächzend hervor. „Sie wissen Bescheid?"

„Warsis' Bruder? Sie?" Scymias war verblüfft. Er setzte sich nun neben den tierhaft kauernden Mann auf die Bank und wusste bereits, dass er ihm glaubte. Trendevaloors außergewöhnliche Erscheinung legte den Gedanken an Glaubwürdigkeit nicht eben nahe - und gerade deshalb zweifelte Scymias nicht an dem, was er gesagt hatte. Allerdings: Warum suchte er nach so langer Zeit nun gerade ihn auf, einen Repräsentanten der meistgekauften Informationsfolie des Systems? Was beabsichtigte er damit? Außerdem schien Trendevaloor bislang nicht gerade vor Mitteilungsdrang zu platzen.

Scymias beschloss, sich auf Umwegen an den Kern heran zu fragen. „Weiß denn der Expeditionsdienst davon? Und wieso sind Sie, als Bruder des Serena-Kommandanten, in der Versenkung verschwunden? Es geht Ihnen offensichtlich nicht sehr gut, oder?"

Der andere antwortete nicht gleich. Er sah hoch, dorthin, wo der Himmel zu leuchten begonnen hatte, wo schlanke Wolkenstreifen durchstöbert wurden von den zu dieser Stunde noch harmlosen Höhenwinden von Allmendru, dem sechsten Planeten der Sonne Saiph. Er schien sich mit seinem Blick in diesem säuglingshaften Rosahellblau verlieren zu wollen. Vielleicht gefiel sie ihm, die ahnbare Weite, in der man sich verlieren konnte. Oder er sah darin, dass er schon längst verloren war.

85

„Was wollten sie mir überhaupt sagen, Trendevaloor?" hakte Scymias, mit Ungeduld kämpfend, nach.

„Eine ganze Menge." Sein wieder in die Horizontale gesenkter Blick spiegelte das Morgenlicht. Und plötzlich wurde er gesprächig: „Aber diese Mischung aus verschiedenen Veranlassungen gegen einen sehr großen Widerwillen? Was hätte ich denn davon, in dieser unendlichen Düsternis, aus der auch die Flucht zu den so verlockenden Funkenspitzen der Nacht nicht rettet? Und er? Er dachte, er könnte das alles einmal wirklich kontrollieren. Ja, das dachte er, der so Berühmte wie Gedankenverlorene. Er hatte in der kurzen Zeit seiner allzu raschen Karriere nicht bemerken können, dass er sich selbst noch nicht kannte, dass seine Fähigkeiten weit über das hinausgingen, was er zu beherrschen in der Lage war. Der große Kommandant. Bis ihm diese letzte Ahnung kam, die Auflösung unseres alten Rätsels, die Rückkehr des Fisches in den Mutterschoß. Abgerechnet die Leben seiner Besatzungsmitglieder. Ja - der große Wegefinder Warsis..."

Da kam schon wieder der Husten, noch heftiger als zuvor, als wollte der Körper nun entgegen aller Bezwingungsversuche seine Innereien geradezu hinauspressen, in rhythmischen Erschütterungen. Angewidert von dem Anblick, irritiert von den Worten, wartete Scymias erst einmal ab.

Sein Nebensitzer beruhigte sich wieder. Er schüttelte den Kopf, stöhnte leise und fuhr fort: „Ach ja. In Wirklichkeit will keiner wissen, was passiert ist. Lieber eine interessante Legende als ein unlösbares Rätsel. Wozu auch? Es ist ja nichts. Es ist buchstäblich nichts!" Und wo eben noch Husten war, war nun ein raues, trotziges, unlustiges Auflachen.

„Sie sind ein schwieriger Mensch, Trendevaloor. Ich hatte gedacht, Sie wollten mir etwas mitteilen. Und nun reden Sie nur unverständliches Zeugs. Dafür bin ich zu dieser irrealen Zeit an diesen irrealen Ort gekommen? Was soll das?"

Trendevaloor schwieg eine kurze Weile und nickte dann. „Sie haben Recht, Scymias. Ich verabscheue Menschen, Büros, Orte, die von arbeitsamen Menschen überquellen. Ich verabscheue diese gebündelte, zur Schau gestellte Zielgerichtetheit und

Zweckmäßigkeit. Ich habe lange Zeit Menschen und Gespräche gemieden. Jetzt weiß ich also nicht, wie ich anfangen soll."

Er warf ihm einen kurzen Blick zu. Ein schnelles Kopfdrehen, das wohl heißen sollte: Bleibe geduldig, ich bin gleich soweit, ich kann nicht anders. Und vor allem: Es ist dennoch alles wahr, was ich dir sage.

„Die Frage ist doch: Was war los, warum versagte der berühmte Kommandant dieses eine Mal? Ich sage Ihnen, dass es purer Zufall war, dass er nicht schon vorher versagte. Er hat immer nur Glück gehabt. Er war ein Gefangener, verdammt dazu, zwischen Befähigung und Auswegslosigkeit zerrieben zu werden. Verdammt zur Selbstauflösung zwischen innerer und äußerer Gewalt, zwischen Triumph und Niederlage. Eine Sternschnuppe, die ihren selbstzerstörerischen Kurs nicht ändern kann. Aufflammend und erlöschend. Kurzes Spektakel - und Schluss. Nein, kein Schluss... es gibt keinen!"

Wieder ein Zucken des Oberkörpers. Trendevaloor griff in eine seiner Manteltaschen und holte eine blaue Kapsel hervor, die er mit einer heftigen Kopfbewegung schluckte. Dann stand er auf.

Scymias tat es ihm nach und musste sogleich feststellen, dass er, der nicht eben klein gewachsen war, von dem anderen um mindestens eine Haupteslänge überragt wurde.

„Sie haben Ihren Jetcopter hier in der Nähe?"

Scymias nickte.

„Gut. Dann lassen Sie uns gehen." Er setzte sich in Bewegung und Scymias mit ihm.

„Was haben Sie vor?"

„Ich habe Ihnen etwas versprochen. Falls Sie genügend Interesse und Zeit haben, werde ich dieses Versprechen auch halten. Auf dem Cosmoport wartet ein Schiff auf uns."

„Oha." Mehr brachte der Agent, der sich bemühte, mit dem nun gar nicht mehr hilflos und krank wirkenden Trendevaloor Schritt zu halten, vorerst nicht heraus. Dass er mitging, genügte als Zeichen seiner Einwilligung. Erst als sie am Jetcopter ankamen, sprach sein mysteriöser Führer weiter.

„Sie werden wissen wollen, wo die Reise hin geht. Ich sage es Ihnen: zum Goldenen Würfel."

„Zum Goldenen Würfel? Aber... das ist doch eine Legende!"

Der große Mann lächelte - zum ersten Mal, seit sie sich begegnet waren. Sie stiegen ein.

„Offenbar weiß auch der Große Aufklärer nicht alles. Eine Legende? Gewiss. Und doch viel mehr. Wir hatten vor langer Zeit diesen Krieg mit den Horden von Mebsuta, und man darf vermuten, dass damals ein Gerüchtefunken übersprang. Die Leute von Mebsuta wussten schon einiges, was wir bis heute noch nicht wissen. Nun gut. Jedenfalls existiert der Würfel. Er ist ein Ergebnis der mysteriösen Supernova von Lusya eins vor ungefähr vierhundert Jahren. Wissen Sie wenigstens darüber etwas?"

Scymias hatte der Robotik des Copters den Zielort angegeben. Sie flogen über das grüne Leitband zum Cosmoport.

„Nein. Sagen Sie es mir."

„Lusya eins explodierte auf äußerst ungewöhnliche Weise. Ich werde es Ihnen unwissenschaftlich erklären: Masse und Energie gingen verschiedene Wege, die dennoch zusammen hingen. Vielleicht war der Stern zu schwer, um nur einfach so auseinander zu fliegen. Es ging in mehreren Schüben ab. Es gibt dort also Energiefelder von unterschiedlicher Stärke, es gibt einen weit ausgedehnten Strahlenkranz, und es gibt einen materiellen Rest, der ein Neutronenstern sein sollte, aber es eigentlich nicht ist."

„Und der Goldene...?"

„Der Würfel befindet sich dort, auf diesem Rest."

„Und..."

„Ja. Da fliegen wir hin. Ich zeige Ihnen dieses Ding."

Schweigen. Der Cosmoport kam in Sicht. Als sie die Abschirmung erreichten, steckte Trendevaloor seine Karte in den Identifikator des Copters. Es wirkte wie eine Zauberformel. Ohne weitere Stopps gelangten sie über das weite Areal bis zu den Startplätzen der großen Schiffe des Expeditionsdienstes. Scymias registrierte dies alles mit Staunen und berufsbedingter Skepsis. Aber darüber hinaus ging eine Trance, die ihm alles das und alles, was noch folgen würde, bereits als Tatsache eingeben wollte: singend, jubilierend, innewohnend, unhörbar.

„Der Expeditionsdienst also. Aber warum hält man den Mythos aufrecht? Warum die Heimlichkeit?"

Es war ein merkwürdiges Lachen, das der große Mann hören ließ. Der Copter verzögerte, tauchte in einen großen Schatten ein und hielt an. Trendevaloor nahm seine Karte und steckte sie wieder ein.

„Es ist das Menschliche, was wir nicht ertragen wollen. Doch das Göttliche fürchten wir. Also halten wir es mit der Unklarheit. Und immer wieder spielt uns die Wahrheit einen Streich."

Scymias zog das Kinn zurück.

Was sagt er mir da?

Sie stiegen aus, gingen ein paar Meter über die Fläche des Startplatzes und ließen sich dann von dem kolossalen Schiffsleib, einem robotisch-kybernetischen Organismus, aufnehmen.

„Sie sollten jetzt noch nicht zu viele Fragen stellen", sagte Trendevaloor, während sie sich schwebend zum Zentrum des Robotpendlers bewegten. „Dazu wird ausreichend Gelegenheit sein, wenn Sie die Bilder sehen."

Die Bilder? Keine Fragen. Noch nicht.

Unterhalb der Steuerzentrale stiegen sie aus dem Schacht. Hier standen im Halbdunkel zwei Individualsphären, widerstandsfähige Schutzanzüge des Expeditionsdienstes.

„Das sind unsere Herbergen, Scymias. Der Flug führt durch mehrere Gravitationssenken, die seinerzeit durch die schubartige Expansion der lusyanischen Supernova entstanden. Der Pendler kommt da nur durch, wenn er bestimmte Vektoren einhält, die ziemlich belastend sein können. Wir dürfen kein Risiko eingehen, wenn wir den Würfel lebend erreichen wollen."

Ihm blieb keine Wahl. Er setzte sich in die Kugel, die der andere ihm zuwies, und schloß das System. Die wie große Blasen wirkenden Anzüge waren technische Miniaturausgaben der Pendelschiffe und boten Platz genug für eine Person, nicht mehr. Unterhalb der acht Knotenpunkte ihrer Außenflächen befanden sich die Levitationsmotoren, die intern jede positive oder negative Beschleunigung auf den Normalwert regulierten und überdies den Antrieb besorgten. Damit wären sogar interstellare Flüge möglich, würde die entsprechende Navigationseinheit installiert.

Scymias wußte immer weniger, auf was er sich einließ. Warum machte er das überhaupt? Lag es daran, dass er diesem seltsamen Menschen vertraute, der ihm, dem Chefagenten des Großen Aufklärers, Aufklärung über das Schicksal der Serena versprochen hatte?

Die Kommunikationssysteme waren aktiviert. Scymias sprach seine Zweifel nun offen aus.

„Hören Sie, Trendevaloor - Sie wissen so gut wie ich, daß kaum jemand an die Existenz des Goldenen Würfels glaubt. Warum sollte ich nun plötzlich überzeugt sein? Warum sagen Sie mir nicht einfach, was Sie vorhaben? Und überhaupt: Wie kommen Sie zu diesem Schiff samt Fluggenehmigung vom Ex-Dienst? Wie kann es sein, dass Sie über Lusya eins sprechen wie über den Inhalt ihrer Manteltaschen, obgleich keiner in meinem Haus etwas darüber weiß?"

Ein kurzes Lachen. Dann: „Ich sagte bereits, dass Sie ja nicht alles wissen können, Scymias. Machen Sie sich nichts draus. Und was das andere angeht: Ich bin nun mal Warsis' Bruder. Akzeptieren Sie das doch endlich. Es ist so schon schwer genug für mich!"

Ach so, dachte Scymias, das soll wohl heißen: Der Ex-Dienst steht hinter mir und plant etwas, was ich nicht unbedingt weiß, aber ich brauche ihn, da ich sonst hopps gehen würde. Der Dienst braucht jetzt Publizität, und ich brauche Geld. Machen Sie gefälligst mit, Sie leben doch von Sensationen, oder nicht?

„Was hat der Dienst vor?" fragte er.

„Wir sind schon an der ersten Senke", sagte Trendevaloor. Nach einer Pause sprach er weiter: „Wir wollen uns nicht aushorchen. Ich tue Ihnen einen Gefallen, und Sie werden mir dafür danken, indem Sie keine weiteren Fragen stellen, bis wir angekommen sind."

„Also gut, Trendevaloor. Ich akzeptiere. Aber eine Frage müssen Sie mich noch stellen lassen. Sie lautet: Lebt Warsis?"

Es dauerte wieder eine Weile, aber dann kam doch die Antwort.

„Ja, er lebt."

Scymias war nicht überrascht. Es hatte sich angedeutet: Der Wissenschaftsrat, dem der Expeditionsdienst unterstellt war, wollte verloren gegangenes Terrain zurück erobern. Seit der Panik, die vor zehn Jahren ausgebrochen war, als ein Ex-Schiff in die Vital-Mutations-Strahlung von Mintaka drei geraten war und jedermann davon erfahren hatte, lag ein Schatten auf der Behörde. Das hieß auch: Es war hinfort Zensur geübt worden. Schließlich musste weiter geforscht werden, aber es durfte nun nicht mehr alles preisgegeben werden. Nun wurde Warsis, so schloß Scymias, zum Joker. Er, der früher ein sehr populärer Raumfahrer gewesen war, würde wieder auftauchen und - wahrscheinlich - mit spektakulären Erkenntnissen aufwarten. Und der Große Aufklärer sollte die frohe Botschaft übermitteln. So ungefähr.

„Wir passieren die dritte Senke. Alles klappt ausgezeichnet." Trendevaloors Stimme klang gepresst und stand im Gegensatz zu den zuversichtlich machen sollenden Worten. Natürlich war von den komplexen Manövern des Robotpendlers nichts zu spüren. Die vielfach redundanten Levitationssysteme verheimlichten jede Flugsituation. Das Flugsymbol leuchtete konstant mit der ewigen Wärme eines Rubins, während die Uhr gerade erst den Ablauf der dreißigsten Minute nach Flugbeginn anzeigte.

Scymias räusperte sich. „Nun, wenn ich richtig verstanden habe, werden wir irgendwo auf einer kompakten Masse landen. Reichen unsere Anzüge gegen die Schwere, die dort wohl herrscht, überhaupt aus?"

„Sicher", kam es gleich zurück. „Die Sphären kompensieren bis zu zweihundert Einheiten. Auf Lusya eins herrschen rund hundertzwanzig. Kein Problem also."

Er staunte. Offenbar standen ihnen die besten technischen Geräte zur Verfügung, und der Mann, der zuvor noch so hilflos und krank gewirkt hatte, bediente sich ihrer mit großer Kenntnis und nahezu verblüffender Selbstverständlichkeit. Das Spiel, das hier gespielt wurde, nahm vor Scymias' Augen einen immer größeren Umfang an.

„Wir sind schon da."

Tatsächlich: Das Flugsymbol war erloschen.

„Wir verlassen jetzt das Schiff", hörte er wieder Trendevaloors Stimme. „Die Anzüge werden vom Schiff gesteuert. Sie brauchen nichts tun. Sind Sie aufgeregt?"

„Ja."

„Das verstehe ich. Übertreiben Sie's nur nicht."

Die Sphären setzten sich in Bewegung, von der zentralen Robotik gesteuert. Es ging voran und gleich danach abwärts.

„Kennen Sie den Planeten Naidu, Scymias?"

„Warum fragen Sie? Jeder kennt ihn."

„Also wissen Sie auch, dass sich Naidus semi-biotische Atmosphäre wie ein allgegenwärtiger Umsetzer verhält und Gedanken katalysieren kann."

„Worauf wollen Sie hinaus?"

„Nun, in ähnlicher Weise funktioniert der Goldene Würfel. Zwar greift er nicht direkt in die elektrischen Impulsverläufe des Hirns ein, aber er zeigt Bilder, die vielleicht nur Sie kennen. Allerdings kann er auch völlig Unverständliches zeigen oder Dinge, die jemand, der mit Ihnen ist, evoziert. Sie sollten jedenfalls aufpassen, wie auch immer."

„Heißt das etwa, dass ich dabei verrückt werden könnte?"

„Nein, es hat keinen direkten Einfluss auf Ihre Psyche. Sie sind als sachlicher Berichterstatter bekannt. Bleiben Sie einfach so, wie Sie sind."

„Falls Sie mich soeben beruhigen wollten, ist Ihnen das misslungen."

Sie gelangten nach draußen. Scymias hatte sich bereits die Oberfläche von Lusya eins vorzustellen versucht, den Anblick eines Goldenen Würfels. Doch er wurde enttäuscht, denn es war vorerst nichts weiter zu sehen als eine recht dunkle Landschaft ohne Besonderheiten, die von einer darüber liegenden, noch dunkleren Fläche nur durch eine haarfeine, leuchtende Linie getrennt war. Nach längerem Hinsehen zeigten sich allmählich bräunliche Schlieren oberhalb dieses Horizonts.

Er erinnerte sich, dass ein Neutronenstern die Bewegung von Lichtquanten massiv beeinflusste und somit auch die Ansicht umliegender Sternformationen. Wenn das die Nacht auf Lusya ist, sagte er sich, dann sind diese trüben Kakaostrudel also die Sternbilder. Trendevaloor kam ihm ungerufen zu Hilfe:

„Der Horizont scheint zu glühen, weil durch den Schwereeffekt die Spektren der dahinter verborgenen Sterne gleichsam zusammen gedrückt werden. Eine Art von Fata Morgana, verstehen Sie?"

Er antwortete nicht. Die mysteriöse, obgleich völlig inhaltslose Umgebung fesselte ihn. Er war schon auf vierzig oder fünfzig Planeten gewesen und hatte Dinge gesehen, die nur Wenige jemals vor Augen bekamen. Aber nun befand er sich zum ersten Mal auf einem in sich zusammen gestürzten, erloschenen Stern und unter einem Himmel, der eher wie ein düsteres Fantasieprodukt wirkte. Ihm fiel ein Name ein, der in alter Zeit die Vorstellung eines Totenreichs wiedergegeben hatte: Hades.

Er glaubte, in den mit unterschiedlicher Geschwindigkeit durcheinander fließenden Strömen über ihm Fadennetze wie von aufgelöstem Plastik, schwimmende Fettaugen und gliedmaßenähnliche Gebilde zu erkennen, die sich umspannten, durchzogen oder auswichen. Nun zeichneten sich auch bläuliche, in Richtung des Horizonts fast purpurne Stränge ab, weiter oben jedoch eher rötliche Ströme und Figuren, teils wie fleischige, blutige Wolken. Die zunehmende Anmutung organischer Lebendigkeit, die durch die transparente Wandung des Sphärenanzugs auf ihn eindrang, ließ Scymias die Augen schließen. Ja, Hades, dachte er. Gewaltiger, umfassender Horror. Totenreich.

„Hier sind wir", klang die Stimme des anderen plötzlich durch die Lautsprecher und erinnerte ihn daran, dass er ein Ziel hatte. Es war erreicht. Vor ihnen war der Goldene Würfel.

Allerdings suchte er nach Kubusform und goldener Farbe zunächst vergebens. Es dauerte eine Weile, bis er die Linie bemerkte, die sich wenige Meter vor den beiden Sphären nach links und rechts erstreckte, scheinbar endlos, und hinter der sich eine schwarze Wand erhob wie ein grundloses Nichts. Dann sah er, dass die Wand durchsichtig war, da irgendwo dort hinten, wie in einem hoch aufragenden, dunklen Meer, diamantene Glitzer und Funken erkennbar wurden. Eine unermeßliche Trennscheibe, die unvereinbare Welten voneinander schied und nirgendwo einen sichtbaren Halt hatte, so dass Scymias einen irrationalen Angstimpuls verspürte, ein heftiger Stoß könnte genügen, dieses Fenster zu zerbrechen und einen massiven Strom fremdartiger, tödlicher Unendlichkeit herein stürzen zu lassen, über den Materierest Lusyas hinweg schwappend und in die andere Unendlichkeit weiter vordringend, zwei winzige Kugelzellen mitreißend, unausweichlich, unwiederbringlich...

„Falls Sie die Kanten noch nicht ausmachen können, Scymias, schauen Sie auf den Monitor Ihres Anzugs."

Er tat es, und er sah, dass der Würfel, der zur Hälfte in der kompakten Materie des toten Sterns eingeschlossen war, wahrhaft gigantische Ausmaße besaß. Als er daraufhin wieder nach draußen sah, glaubte er, trotz der großen Entfernung zumindest die obere Kante erspähen zu können: als Trennlinie zwischen vagem Dunkelbraun, blau gefleckt, und dem darunter befindlichen, von punktuellen Hintergrundlichtern gemusterten Schwarz.

„Was für ein Koloss, Trendevaloor! Meine Güte, was hat das zu bedeuten?"

„Warten Sie's ab. Und versuchen Sie, ruhig zu bleiben. Es wird gleich losgehen, und wenn Sie zu aufgeregt sind, werden Sie vor lauter Spektakel gar nichts erkennen."

Bevor er nachfragen konnte, sah er, dass Häufigkeit und Helligkeit der kleinen Lichtpunkte vor ihm gewachsen waren und sich nun an einzelnen Stellen schon als regelrechte Funkenregen verdeutlichten, kupfern glänzend und blitzend. Er ahnte dabei, was Trendevaloor soeben gemeint haben könnte, doch er war offensichtlich nicht in der Lage, geistige Ruhe zu bewahren, denn die Funken entwickelten sich mit Vehemenz zu flammenden Bahnen und begannen die Düsternis zu erhellen wie Großstadtlichter die Nacht auf Allmendru. Und sie vermehrten sich so eilig, bis es ihm schien, dass der von ihm ins Auge gefasste Bereich des Titanenwürfels Feuer gefangen habe. Doch schon war dieser Eindruck unzutreffend: Die vermeintlich lodernden Flammen bildeten eine wie von unsichtbarer Hand gebändigte Struktur. Das Spiel aus sich gitterartig ineinander streckenden Bahnen, umher suchenden Lichtzungen, aufkeimenden Sonnenblüten und durch alles Getümmel sich windenden Feuerschlangen ergab eine Gestalt, die sich geschmeidig bewegte und nun tatsächlich die Farbe des Goldes angenommen hatte. Aus anfänglicher Wirrnis und Raserei schälte sich eine leuchtende und tanzende Form wie ein in sonderbare Sichtbarkeit übergegangener, komplexer Gedanke.

Die Schönheit in der Entfernung ist die zerstörte Finsternis. Das Gesicht ist zerteilt. Der Blick verliert seine Linearität. Die Geschwindigkeit des Körpers erstarrt. Die Realität verschleiert sich wie jedes denkbare Ziel. Der Verstand trennt sich vom Kopf, und die ausgestreckten Gedankenfinger zeigen ins Leere. Die Reflexion verliert sich in ihrer Ausweitung und kann keine Fragen mehr stellen. Die Gegenwart war eben noch ein langgezogenes Stück Blut und ist nun nichts mehr oder alles. Momente sind zu Vakuumsäulen geworden und Erinnerungen zu Sanddünen in der grenzenlosen schwarzen Wüste. Ungesehen pflügt sich die Zeit ihren Raum.

Leise ächzend setzte er sich in den Anzug und schloß ihn. Der Variokontursitz benötigte drei Sekunden, bis er sich an die überdurchschnittlichen Körpermaße angepasst hatte. Die sensorische Robotik des Pendlers meldete den Fertigstatus an die Koordination und startete hierdurch die acht großen Levitationsmotoren, die unter der Außenhülle des Schiffs lagen, dort, wo sich die Schirmkreisstreifen schnitten und die Knotenpunkte bildeten. Das Kraftfeld des Pendlers dehnte sich mit einem gierigen Atemzug in die Weite des Alls, vermengte die künstlich gesteigerte Schwere des Schiffs mit der der Sternensysteme und zog es sanft, mit zunehmender Beschleunigung von der Oberfläche des Planeten Allmendru, aus dessen Gashülle heraus und hinein in das Meer der unsagbaren Wege. Dann wandelte das Schiff seine Daseinsform und setzte sich so über alle Raumzeitschranken hinweg.

Er nahm das Flugsymbol zur Kenntnis und fürchtete sich ein wenig vor den Fragen, die nun kommen mochten.

„Hören Sie, Trendevaloor..."

Da kam schon die erste, und er war erneut drauf und dran, dem bei all seiner Wichtigkeit harmlosen und gar nicht unsympathischen Mann zu sagen, um was es sich tatsächlich handelte, noch bevor dieser ausformuliert hatte. Doch er bezwang sich und ließ ihn ausreden.

„Ich sagte bereits, dass Sie ja nicht alles wissen können, Scymias..."

Warsis war zehn Jahre nach Trendevaloor geboren worden. Bis zu seinem vierzehnten Lebensjahr hatte niemand etwas von seinem Talent bemerkt, nicht einmal er selbst. Eines Tages jedoch warnte er seinen Bruder davor, zum Szenario der Wilden Kerber zu gehen. Trendevaloor lachte nur und ging hin, und zwei Stunden später lachte er nicht mehr, denn er war von einem Wilden Kerber angefallen worden und hatte Wunden an den Händen und im Gesicht. Einige weitere Voraussagen in der folgenden Zeit, die sich ebenfalls als korrekt herausstellten, machten ihm klar, dass sein Bruder offenbar über eine außergewöhnliche Begabung verfügte. Er ließ es jedoch dabei bewenden, die Eltern erfuhren nichts davon, und Warsis blieb mit sich selbst beschäftigt, von seinen seherischen Qualitäten eher eingeschüchtert als begeistert.

Jahre später - die Brüder gingen längst eigene Wege, hielten aber nach wie vor Kontakt zueinander - war für Warsis der Punkt erreicht, an dem er sich dem Älteren, der als einziger Mensch von seiner Besonderheit wusste, ebenso hilflos wie ratsuchend anvertrauen wollte. Sein Sehen beschränke sich nicht mehr auf das, was durch den Zusammenhang als Vorausschau zu identifizieren sei, erklärte er. Vielmehr zeige es ihm im wachsenden Maß sich überlappende Bilder, konfus erscheinende Mehrfachansichten, die dahinzu verschiedene Bewegungen aufwiesen. Warsis gestand, dass diese Visionen so wirr, umfangreich und eindringlich geworden seien, dass er Angst habe, ihnen irgendwann nicht mehr gewachsen zu sein und sein Wirklichkeitsempfinden einbüßen zu müssen.

„Wenn ich zurückdenke", sagte er, „so habe ich dich beim ersten Mal in einer bestimmten Situation gesehen, zeitlich und räumlich recht genau definierbar. Doch inzwischen sehe ich so variabel, als wäre ich über imaginäre, instabile Kanäle mit irgendwelchen anderen Welten verbunden. Instabil deswegen, weil sich ständig Verschiebungen, Verdünnungen oder Zusammenballungen ergeben. Als ob mehrere Filme übereinander abliefen. Das Merkwürdig daran ist, dass diese Mehrfachbilder so konkret wirken, dass sie mir wie ein einzelnes erscheinen. Wie mehrere zugleich gesprochene Worte, die ein neues Wort ergeben, dessen Sinn ich allerdings nicht erkennen kann. Aber in jedem Fall sehr real. So real und doch so fremdartig, dass ich Anpassungsprobleme habe, wenn es vorbei ist. Verstehst du? Unkontrollierbare alternative Wirklichkeiten, die mit ihrer Gewalt die Wirklichkeit, in der ich mich eigentlich befinde, fast schon irreal aussehen lassen."

Und dann hatte er eine solche Vision, die sein Bruder auf diese Weise mittelbar verfolgen konnte.

„Was siehst du?"

„Einen riesigen Lichtmanta. Eine Handvoll Sternhaufen, die zugleich stumm schwatzende Gesichter sind, rosafarben in ihrem

Plasma, zum Kern hin weißlich und am Rand hellblau zerfasert. Der Manta ist scharf konturiert. Er macht ansatzlose Sprünge, vor und zurück...?

„Erkennst du die Konstellation der Sternhaufen?"

„Nein."

„Und die Gesichter? Sind sie dir bekannt?"

„Nein. Ihr Gespräch sieht lebhaft aus, sie sprechen in kurzen Sätzen, ernsthaft. Aber sie sind wie Grimassen, die auf Lampen projiziert werden, deren Leuchtkraft schwankt."

„Was ist mit dem Manta? Er springt, sagst du?"

„Ja. Er scheint eine Barriere nicht durchbrechen zu können, obwohl man ihm eigentlich keine Bemühung ansieht, etwas durchbrechen oder überwinden zu wollen. Er wird nur ständig zurückversetzt, schwebt erneut voran und so weiter, hin und her... oh, er verblasst, er löst sich auf..."

„Und die Sternhaufen - die Gesichter?"

„Auch schon weg. Zerflossen zu graublauen Schwaden... jetzt eine Ebene, und darüber entsteht ein flimmernder Streifen, wie erhitzte Luft. Alles ist verändert. Ich sehe eine gigantische Kugel. Sie hängt direkt über mir, tiefblau mit roten Zeichen, ein Expeditionsschiff, glaube ich... es wird größer, und da ist wieder ein Sternhaufen, ohne Gesicht... jetzt ist es ein Gang, ich stehe in dem Gang, ein seltsamer Fisch zappelt da hinten auf dem Boden, er laicht, er gibt einen Haufen rotes Zeug von sich, nein, das ist der Sternhaufen, der jetzt viel dunkler ist, eintönig, sehr rund... nein, es ist ein einziger Stern, ein roter Riese, der Gang windet sich jetzt wie eine Schlange, wird fleckig, trübe, durchsichtig... alles verschwindet. Nichts mehr da. Aus."

Seine Augen waren noch immer geöffnet. Trendevaloor glaubte, ihm nun helfen zu müssen, irgendwie.

„Versuche mal auseinander zu nehmen, was du gesehen hast. Erkläre es mir. Beim nächsten Mal bin ich wahrscheinlich nicht dabei, also nutzen wir das jetzt. Los, Warsis!"

„Ich weiß nicht, ob ich's erklären kann. Der Manta war jedenfalls zuerst da. Meine Beschreibung war simpel, denn tatsächlich sah er wie aus goldenen Platten zusammengesetzt aus. Aber flexible Platten, ständig in Bewegung. Auch nicht unbedingt stofflich, eher ein Phantom aus sichtbarer, strahlender Energie. Jedenfalls sah er sehr lebendig aus, wie aus einem unbekannten Mantareich, vielleicht verirrt. Und die Zurückversetzungen machten ihn hilflos, das Schlagen seiner Schwingen, wenn man das so nennt, sinnlos und fast lächerlich. Aber das ist natürlich falsch, denn andererseits war auch was Majestätisches in seinem kontinuierlichen, ruhigen Vorwärtsdrang."

„Kannst du das interpretieren?"

„Wie sollte ich das können?"

„Nun, immerhin entstehen die Bilder in deinem Kopf, wie Träume, selbst wenn sie von externen Energien gespeist und beeinflusst werden, wie du vermutest. Du darfst sie nicht weiter als fremdartig ansehen, du musst sie akzeptieren. Sie gehören zu dir. Und wenn du jetzt keine Erklärung dafür hast, dann eben später."

Ja, später: Später trat Warsis in den Expeditionsdienst ein, und Trendevaloor, der ein langwieriges Ingenieurstudium zu Ende gebracht hatte, blieb erfolglos und wurde drogensüchtig. Später verwendete Warsis sein Sehertalent derart zu seinem Vorteil, dass er zum jüngsten Kommandanten der Ex-Flotte aufstieg, und Trendevaloor verfolgte seine Karriere, die wegen dieser sensationellen Navigationsfähigkeiten auch von Teilen der Bevölkerung bestaunt wurde, mit einem Gefühl, in dem sich Bewunderung, Stolz, Sorge und Furcht mischten. Und später hatte zumindest Trendevaloor die Erklärung für jene eine Vision, die Vision von dem roten Riesen, dem großen Schiff, das sich auflöste, und dem rätselhaften Wesen, das über eine gewisse Grenze nicht hinweg kam... Aber dieses „Später" war dann zu spät.

„Wir passieren die dritte Senke. Alles klappt ausgezeichnet", sagte er soeben. Und zugleich dachte er immer noch an das Schicksal seines Bruders und an sein eigenes Versäumnis, nicht doch eine gründliche Interpretation versucht zu haben, damals, bei jenem so wichtigen Gespräch. Auch wenn Warsis schon die ersten Spuren eines Fatalismus gezeigt hatte, der ihn dann schließlich auf sein Verhängnis zusteuern ließ.

Und nun dieser verdammte, unschuldige Scymias! Alles mußte noch einmal aufgerollt werden. Die Fragen rührten wie Stangen in Trendevaloors ohnehin wundem Bewußtsein von Verlust und Schuld. Vielleicht war es aber der einzig mögliche Weg, um damit zurechtzukommen und sogar eine „für alle Seiten befriedigende

Lösung des Problems herbeizuführen", wie es der Beauftragte des Expeditionsdienstes formuliert hatte.

Trendevaloors Problem war, dass Warsis weiter lebte, obgleich er tot war. Der übliche Tod vergeht, indem er eintritt, er ist nur ein flüchtiger Moment, ein Schlusspunkt. Doch ein festgehaltener Tod, ein Tod als sichtbares, ja glänzendes Weiterbestehen war eine Ungeheuerlichkeit, die kaum zu ertragen war. Trendevaloor litt unter seiner Hilflosigkeit vor diesem nicht aufhören wollenden, überwältigenden Tod in stoffloser, schwingenschlagender Pracht. Fürsorgemaßnahmen des Ex-Dienstes hatten ihn allerdings bislang vor der Selbstaufgabe bewahrt, aus seiner Drogensucht gerettet, auch finanziell gesichert und vor allem vor der Gesellschaft nahezu vollständig verborgen gehalten. Nun hatte er seine Gegenleistung zu erbringen.

Der Flug ging zu Ende. Sie landeten. Alles war leer und verlassen. Der Ex-Dienst hatte vorübergehend das Feld geräumt, um Scymias nicht zu irritieren.

„Hier sind wir", sagte Trendevaloor, als sie den Goldenen Würfel erreicht hatten. Er hörte das schnelle Atmen des anderen. Oja, der Chefagent würde beeindruckt sein, kein Zweifel.

Er war es jetzt schon: „Was für ein Koloss, Trendevaloor! Meine Güte, was hat das zu bedeuten?"

Die unvermeidliche Frage.

Zeit verging. Dann erschien Warsis, wie stets, wenn er - auf rätselhafte, unbegreifliche Weise - seinen Bruder spürte und damit bewies, dass er, obwohl er in der Katastrophe der Serena gestorben war, immer noch lebte. Der Würfel füllte sich mit Gold.

Noch gab es nichts zu sagen. Scymias musste und würde sehen. Und dann würde er erkennen, warum er hierher gebracht worden war. Trendevaloor würde ihm erzählen, dass der Expeditionsdienst damit gegen die Auflagen des Wissenschaftsrates verstoßen habe, und zwar bewusst, um so die Öffentlichkeit zu informieren und Druck zu erzeugen. Denn man brauchte Geld, um das Geheimnis des Goldenen Würfels weiter zu erforschen, was durch die Ängstlichkeit des Rates zwischenzeitlich unmöglich gemacht worden sei. Und er würde ihm sagen, dass er, Trendevaloor, sich davon erhoffe, mehr über seinen in diesem seltsamen Energiekäfig gefangenen Bruder zu erfahren oder doch wenigstens einen Weg zu finden, den Goldenen Würfel aufzustoßen oder auch zu vernichten, ja zu vernichten, um Warsis aus der so grandios strahlenden Fesselung zu befreien und zu erlösen. Ja: zu erlösen.

Das Gelächter der Verzweiflung hallt nach bis zum Ende. Es gibt keine Offenbarung. Alles ist ohne Sinn. Nach langen Anstrengungen kommt immer die Ermüdung, nach dem Taumel das Zerbrechen. Es gibt das Aufstellen von Werten, die Einbildung von Bedeutung, das Verfangen in künstlichen Systemen, die Ahnung von Vergeblichkeit. Über den Sümpfen des Lebens ist auch der kortikale Himmel nicht ungetrübt. Wahrheit ist flüchtig, denn sie ist jenseits der Begriffe. In der Leere ist nichts groß oder klein. Die Hüllen des Seins zerfallen im wortlosen Gesang der Sonnen. Gedächtnisse vertrocknen, Gehirne verbrennen, Hände und Geschlechter erfrieren auf ihrer Suche nach nichts. In der schwerelosen Distanz zwischen den Welten ist der Staub die erste und letzte Antwort. Ungesehen pflügt sich der Raum seine Zeit.

Ein gräulicher Tumult, gefangen in schmutzigen Netzen, die damit nichts anzufangen wissen und die uneinsehbare Erregung der geschwinden Schemen vor bleiernen Wänden durch ein sinnloses Hin- und Herschwenken zu verwirbelnder Selbstauflösung steigern.

Zwischen den bestandlosen Rundflächen, überfleckt von protonenhaften Miniaturblitzen und bunten Raumspiralen, suchen sich ins Unendliche verlängerte, leblose und doch von unsterblicher Sucht getriebene Finger ihre Wege, springen nach jäh aufreißenden Lücken zwischen Fluten aus flüssigem Zink und kochendem Erz, rucken geschmeidig über undurchdringlich scheinende Ballen dreckfressender Nebel, heften sich an die Enden blind und unbeirrbar dahinsteuernder Würmer, die auch wirbellose Schlangen sein könnten oder Spuren ausgelöschter Zeiträume oder zerdehnte Betonformen oder bloßgelegte, abgetrennte Muskeln von Gestorbenen.

Im heißen Orange glühende Nadelspitzen stoßen hier und da durch das Meer der Zerteilung und Vermengung. Spritzer schmerzhaften Hellblaus schlagen auf kurz hochgewölbte Inselbäuche, verwunden dieses so unorganische wie selbstbewegte Fleisch und verschwinden unter einer weiteren Woge dumpfen, farblosen, grenzenlosen Plasmas. Doch wie unbesiegbare Insekten springen jene Blitze und Spiralen an immer denselben Punkten auf und fallen zurück und springen auf und fallen zurück, bis ein nicht festzuhaltendes Gespinst aus irisierenden Farbvertauschungen das müder werdende amorphe Gekröse mit den erstarrten Fingernetzen zurückdrängt, irgendwohin.

Es ist kein Geräusch.

Alles, was Geräusch sein könnte, verbindet sich nun zu einem riesenhaften dunkelroten Strom, der alle tanzenden Pünktchen und jede schwammige Kontur unter sich begräbt und überwalzt wie eine ins Lachhafte verlangsamte Springflut, so träge wie hoch, so dicht wie weit, so still wie unaufhaltsam.

Gewalt über Gewimmel. Welt über Land.

Sein Gesicht fühlte sich groß und schwer an. Die Augenlider, auf die sich sein gerade erwachender Wille zu konzentrieren suchte, widerstanden, klebten, zuckten nur.

Aber es genügte: Einzelne Lichtrufe drangen in ihn und belebten ihn. Mühsam öffnete er die Augen ganz und sah zwei schmale, leuchtende Streifen in scheinbar unerreichbarer Ferne und doch schmerzhafter Nähe über sich hängen. Sofort schloss er sich wieder ein, spannte Stirn und Wangen wie Schutzwälle um die bedrängten Augen zusammen. Zwei Areale triumphierenden Nachleuchtens blieben.

Ich liege, dachte er.

„Allmählich kommt er zu sich."

„Er ist noch schwach. Ich weiß das."

„Ich weiß das auch, Frankie."

Männerstimmen, von rechts oben her. Freundlich und vielleicht ein bisschen aufgeregt.

„Das dauert noch ne Weile. Ich muss jetzt erstmal auf Klo."

„Ich komm mit. Und du?"

„Ich muss nicht. Und wenn, würd ich's mir verkneifen. Ich bleib hier und guck zu. Als Bill kam, war ich nicht dabei. Ich war eigentlich noch nie dabei, glaub ich."

Ganz leichte Geräusche von sich entfernenden Schritten. Schon weg. Stille. Er versuchte wieder, die Augen aufzumachen, drehte aber vorsichtshalber zuerst den Kopf zur Seite.

Da waren zwei Beine, in gelbem Stoff.

Er blinzelte, da das Licht noch immer recht grell war. Dann bemühte er sich, mehr zu erkennen. Es war alles sehr anstrengend für ihn.

Die Beine gehörten einem schlanken, nicht sehr großen Mann, der seelenruhig dastand, die Arme hinter dem Rücken. Nun beugte er sich etwas zu ihm.

„Ich begrüße dich im Namen aller, Karl - auf dass du dich gut einlebst und mit uns gut zurecht kommst. Tata, tata, tata!" Seine rechte Hand war hoch gegangen und hatte vor dem Mund eine Trompete nachgebildet.

Karl hatte sich einigermaßen ans Licht gewöhnt und sah nun das Gesicht des Mannes, der Frankie genannt wurde. Er sah es nicht besonders deutlich, aber es war in jedem Fall ein schmales Gesicht, mit großen Augen und einem spitzen Kinn. Neben der Nase, die recht lang war, und dem freundlich lächelnden Mund lag die Haut in Falten, was Frankie alt aussehen ließ. Aber eine verdammt junge Stimme, dachte Karl.

„Hallo", sagte er, etwas wackelig im Ton.

„Hallo, hallo auch!" kam es munter zurück, und die Hand des anderen berührte Karls Schulter.

„Woher weißt du..." hob Karl an, doch brach er ab, als er Schritte hörte. Er richtete sich halbwegs auf, stützte sich auf den rechten Ellbogen und erkannte: eine kleine Kabine, mit einem Tisch und einem Stuhl und einem schwarzen Loch in der Wand, kreisrund wie ein gierig aufgerissenes Maul. Sonst nichts - außer dem Eingang, durch den nun zwei Gestalten in gelben Overalls hereingekommen waren.

Und hier das Bett, auf dem er lag. Boden und Wände waren dunkelgrün und regelmäßig genoppt, auch die Decke, wo die beiden Balkenlampen brannten. Klein, aber übersichtlich, dachte Karl nebenbei. Die Stimmen der anderen gingen durcheinander.

„Aha, unser Neuankömmling ist schon wach, aha, aha!"

„Jetzt hast du's erlebt, Frankie, und wir zwei haben's verpasst. Hast du ihn schon begrüßt?"

„Ja, eben erst. Viel verpasst habt ihr eigentlich nicht."

Der erste der beiden, die weg gewesen waren, war ein großer Kerl mit einem wuchtigen Schädel, und er streckte ihm eine breite Pranke hin, die Karl griff, nachdem er sich erschöpft wieder aufs Bett hatte sinken lassen. Ein warmer, nicht zu fester Händedruck. Der zweite blieb halb verborgen, da ihm keiner der beiden anderen den Weg zum Bett freigeben wollte, und winkte übermütig. Karl winkte zurück, als ihn die Hand des Großen losgelassen hatte.

„Hallo, Karl!" rief der, der im Hintergrund stand. „Freut uns, dass du hier bist. Ich bin Pit, und das hier sind Bill und Frankie."

„Hallo, Karl", sagte nun auch der Große, der Bill hieß.

Um den Hals zu entspannen, drehte Karl den Kopf auf die linke Seite. Er griff sich ins Genick und massierte ein bisschen. Dutzende von dicken, kuppelrunden Noppen an der Wand. Nein, Hunderte, dachte Karl, als er den Blick wandern ließ.

103

„Freut mich auch, euch kennenzulernen", sagte er endlich. Und dann erinnerte er sich, was er zuvor Frankie hatte fragen wollen. „Sagt mal, woher wisst ihr überhaupt, wie ich heiße?"

„Och, ganz einfach", meinte Bill, der ihm am nächsten stand, und stupste ihm mit einem starken Finger zwischen die Rippen. „Das steht hier."

Karl, der bei der nicht ganz sanften Berührung zusammengezuckt war, beugte sich vor und entdeckte den Namenszug auf der linken Brustseite seines Overalls. Schwarze Lettern auf gelbem Grund. Tatsächlich, ganz einfach, dachte er und sah in die Runde. Auch die anderen hatten ihre Namen da vorne drauf.

Pit, der sich inzwischen vorgedrängt hatte, sagte: „Na, und schon hast du was gelernt. So schnell geht das."

Er lachte, und Bill und Frankie lachten auch. Bill sagte: „Und wir wissen jetzt, dass Karl ganz schön wissbegierig ist."

Sie lachten alle, auch Karl.

„He, langsam wird's Zeit fürs Frühstück, oder was meint ihr?" rief Pit plötzlich.

„Ja, klar, er kann's gebrauchen." Frankie zeigte auf Karl.

„Ich kann's auch gebrauchen", sagte Bill.

Karl versuchte aufzustehen und fand sich sofort von helfenden Händen gefasst, gehoben und gehalten.

„Na, geht's schon? Klappt das mit dir?" - „Immer ganz langsam. Nur keine Eile." - „Nimm die Hand da weg, Bill. Du drückst ihm ja das Blut ab..." Ihre Stimmen gingen durcheinander.

„Danke", sagte er schließlich, als er glaubte, einigermaßen sicher auf den Beinen zu sein. Er sah die anderen an und stellte fest, dass ihre Gesichter und Körperkonturen leicht verschwommen waren. Das ist die Anstrengung, dachte er, ich bin noch ziemlich schwach.

Bill stützte ihn an der rechten Seite, indem er seinen Arm unter der Achsel und am Ellbogen hielt.

„Geht's? Geht's jetzt allmählich?"

„Ja, ja. Es geht, danke."

Frankie und Pit standen schon an der Tür.

Während er sich ihnen näherte, merkte er, dass er noch immer nicht sehr scharf sah. Das allgegenwärtige Dunkelgrün, die gelben Overalls, die Proportionen, die lächelnden Gesichter - das war so ziemlich alles, worauf er sich verlassen konnte.

„Nur keine Hetze. Ich bin auch hungrig, aber das Frühstück rennt uns nicht weg", sagte Bill, der sich dem betulichen Voranwanken Karls anpasste.

„Wo denn überhaupt?" fragte der.

„Eine Etage höher", antwortete der Große. „Wenn's Licht angeht, ist Frühstück fertig. Manche gehen gleich hin, manche dösen lieber noch ne Weile. Aber entgehen lässt sich's keiner."

„Das heißt also, das Licht brennt noch nicht so lange?"

„Natürlich nicht. Würde ich sonst von Frühstück reden?"

Sie waren draußen. Ein Gang, dunkelgrün und genoppt, mit einem durchgehenden Lichtstreifen an der Decke.

„Du hast ihn nicht richtig verstanden, Bill. Er wollte sagen, dass er dann ja wohl sozusagen nachts angekommen sein muss." Pit stand nun unmittelbar vor ihm. Er war fast so groß wie Karl, hatte schmale Schultern und einen runden Kopf. Er lächelte, und seine Augen schimmerten seltsam. „Ist es nicht so, Karl?"

„Ja. Ich denke, du hast Recht. Ja."

„So ist es immer, Karl. Jeder neue Teilnehmer kommt praktisch über Nacht zu uns. Du musst wissen, dass wir alle in Vierergruppen zusammen sind. Meistens jedenfalls, womit ich sagen will, dass wir hier schon lange nur zu dritt waren. Und wenn man dann die anderen Gruppen vollständig an ihren Tischen sitzen sieht - das ist nicht so ganz angenehm."

„Dämlich ist das", pflichtete ihm Bill bei.

„Darum sind wir, wer weiß, wie lange schon, jeden Morgen zu der Kabine hin und haben nachgesehen. Na, und jetzt eben..."

„Hoho, jawoll, heute hat's geklappt!"

„Tata, wieder zu viert, tata!"

Sie versuchten, sich gegenseitig zu übertönen. Karl fühlte sich angenehm berührt, dass seine Ankunft solche Freude ausgelöst hatte. Fast war er ein bisschen stolz. Doch darunter mischte sich das Gefühl, dass er bei weitem noch nicht dazu gehörte und dass es womöglich recht lange dauern würde, bis es so weit war. Warum er aber so fühlte, hätte er nicht sagen können. Er war sich dieser Empfindung nicht einmal bewusst, denn sie war ebenso diffus wie seine optischen Wahrnehmungen und verwob sich zudem mit dem Gefühl körperlicher Schwäche. Hier musste zuerst Abhilfe geschaffen werden.

„Ich hab einen Sauhunger!"

Seine Bemerkung löste in der Gruppe spontane Begeisterung aus. Sie gingen weiter, weg von den vier Kabinentüren und hin zu der ansteigenden Linkskrümmung des Gangs, der ohnedies an kaum einer Stelle gerade verlief, sondern wie ein großer Schlauch gebogen und gewunden war. Zumindest erschien es Karl so, und er nahm den Eindruck hin, ohne ihn weiter erkunden oder eine Erklärung dafür finden zu wollen. Erst essen, dann sehen wir weiter, dachte er. Ich bin gespannt, was es hier zum Frühstück gibt.

Frankie und Pit gingen voran. Bill stützte ihn weiter. Der Gang zeigte vorerst keine weiteren Türen, machte nach der leichten Krümmung eine Kehre und stieg dabei stetig an. Karl musste bald eine Verschnaufpause einlegen. Seine drei neuen Freunde zeigten Verständnis und erinnerten sich laut an eigene, vergleichbare Schwierigkeiten, wobei sie zur Sprache brachten, dass sämtliche Gänge in dieser Weise gekurvt verliefen, nach links oder rechts, nach oben oder unten oder alles zugleich. Er habe sich hier auch schon mal verlaufen, sagte Pit.

„Nun, ich war damals wohl auch nicht ganz Herr meiner Sinne. Das passiert schon mal."

Frankie und Bill kicherten.

„Du musst wissen, Karl, dass es zum Abendessen immer ein paar schnucklige Sachen gibt. Pralinen und Zigaretten zum Beispiel."

„Oder Wein", ergänzte Bill.

„Oder Schnaps", ergänzte Frankie.

„Schnaps?"

„Ja, klar, das gibt's hier alles!" frohlockte der kleine Frankie und machte ein paar tänzelnde Schritte auf der Stelle.

„Geht's wieder? Können wir weiter?"

„Ja. Gut. Weiter."

Nach einem kurzen geschlängelten Stück und einer weiteren Kehre erkannte Karl eine Mündung auf der linken Seite des Gangs. Vier Gestalten in gelben Overalls standen dort und sahen ihnen entgegen.

„Das sind unsere Nachbarn, Karl", erklärte Pit. „Wir treffen sie meistens zum Essen."

Die vier anderen riefen etwas und kamen schnell heran. Ihre Aufregung war nicht zu verkennen, und Karl glaubte, dass er der Grund dafür war.

„Mann - ihr habt nen Neuen! Ich werd verrückt!" krächzte der erste, als er sie erreicht hatte; er fasste Frankie an den Schultern und schüttelte ihn übermütig, während er Karl mit großen Augen anstarrte. Die drei anderen zeigten sich ähnlich bewegt, und es gab ein lautes Hin und Her.

„Beruhigt euch mal erst", tönte Bill dazwischen. Das Getue und Gefrage ebbte sogleich ab. „Der Mann ist noch nicht ganz bei Kräften. Ist ja nicht das erste Mal, dass ein Neuer kommt, oder? Macht nicht solchen Rabatz!"

„Ist aber schon ne Weile her, Bill."

„Kann mich gar nicht mehr entsinnen, ehrlich..."

„Okay, Freunde", sagte Pit, „das hier ist Karl. Karl - das sind Toto, Rob, Albin und Pios."

Karl nickte kraftlos. Strahlende Gesichter. Zwei der Nachbarn gaben ihm die Hand, einer ergriff ihn an den Oberarmen, der vierte tätschelte ihm sogar die Wange. Man verständigte sich darauf, angesichts der Verfassung des Neuankömmlings das Frühstück nicht länger aufzuschieben. Sie gingen zusammen weiter.

„Ist nicht mehr weit, Karl."

„Ich sage immer, dass man hier was tun muss für sein Essen, ehrlich."

„Lass die Witze, Toto."

„Aber heut abend können wir feiern, was? Ich meine, das ist doch ein Anlass oder etwa nicht?" Robs Vorschlag wurde begeistert aufgenommen, und man verabredete sich wortreich zum Abendbrot.

Die Steigung des Gangs hatte nachgelassen und hörte nun ganz auf. Keine dreißig Meter entfernt war eine große Öffnung zu sehen. Der Rest des Weges war vergleichsweise schnell bewältigt. Als er durch den Eingang trat, verloren sich Karls Blicke in einem weiten Saal, dessen Wände - dunkelgrün und genoppt - derart unregelmäßig gezogen waren, dass nicht einmal eine ungefähre Grundform auszumachen war. Wild verteilt standen unzählige runde Tische mit je vier Stühlen, die insgesamt vielleicht zu zwei Dritteln besetzt waren. Hier und da gingen einzeln oder gruppenweise Männer herum und trugen Tabletts.

„Da hinten ist unser Tisch", sagte Pit und steuerte vorneweg. Die anderen vier gingen mit. Wahrscheinlich stand ihr Tisch in derselben Richtung.

„So, jetzt setz dich erstmal", brummte Bill wohlwollend, als sie den Tisch erreicht hatten. „Ich bring's dir."

Karl setzte sich. Bill folgte den anderen, um das Essen zu holen.

Die Ausmaße des Saals waren tatsächlich imposant - allein da, wo Karls Begleiter hingegangen waren, befand sich mindestens ein Dutzend halbrunder Theken, an denen das Essen abgeholt werden konnte. Die Anordnung war so offen, dass es kein erkennbares Gedränge gab.

Bald schon nahten die Freunde mit den Tabletts. Toto, Rob, Albin und Pios setzten sich an den benachbarten Tisch, wie Karl es erwartet hatte. Man wünschte sich gegenseitig guten Appetit.

Vor sich hatte er nun einen Teller, bedeckt mit einem rötlichen Brei, dazu zwei Schnitten brotartigen Materials und einen Becher mit einer dampfenden hellbraunen Flüssigkeit. Karl nahm den Löffel und machte sich über den Brei her. Dazu biss er vom Brot ab, das besser schmeckte, als er befürchtet hatte. Der Becher war schnell geleert.

Bill stand schon. „Ich hol uns neu."

Während die anderen noch mit ihren ersten Portionen zu tun hatten, kam Bill mit zwei frischen Tabletts zurück. Karl ließ nichts übrig, wenngleich es bei ihm nicht so rasch ging wie bei Bill. Die anderen freuten sich über seinen Appetit und machten Späße.

„Ich denke, jetzt geht's mir besser", ächzte er, als er den Löffel abgelegt und den letzten Brotkrümel vertilgt hatte. Er erwähnte nicht, dass ihm trotz der Stärkung seine Augenkraft noch immer ungenügend vorkam: Frankie saß rechts, Pit gegenüber - und Karl war sich nicht sicher, ob es ihm aufgefallen wäre, wenn sie heimlich die Plätze getauscht hätten. Die Vorstellung erschreckte ihn. Er schloss die Augen, und fixierte dann bewusst die breiten Schultern und den kantigen Schädel Bills. Nun ja, das ist zumindest in Ordnung, dachte er.

„Das hat geschmeckt, was?"

Er nickte ausdrücklich. Sie trugen die Tabletts weg. Einige der Männer hatten schon zuvor Bemerkungen gemacht und ihn gegrüßt oder ihm zugewunken, und auch jetzt legten manche im Vorbeigehen kurz ihre Hand auf seine Schulter.

Als der Mann, der ihm als Pios vorgestellt worden war und der ihm die Wange getätschelt hatte, vorbeikam, neigte er sich zu ihm und flüsterte: „Du bist gut aufgehoben bei uns. Hier ist das Reich des Friedens und der Freude." Daraufhin strich er Karl mit der freien Hand flüchtig über den Rücken und ging zu den Theken. Eine kleine, dickliche Figur, mit einem offenbar guten Gefühl für Balance, da das Tablett auf dem ausgestreckten rechten Arm sicher zu schweben schien, während die linke Hand komische Gesten machte.

Die anderen kamen gerade zurück. Pit grinste.

„Pios' besondere Zuneigung ist dir sicher, Karl."

„Ein komischer Name ist das - Pios."

Pit nickte. Sie saßen wieder.

„Ja. Wir haben ein paar Freunde, die anders heißen, als es bei ihnen draufsteht." Er zeigte auf die Brust.

Karl war irritiert. „Wieso? Heißt er nicht Pios?"

„Du hast es wohl noch nicht gesehen, aber bei ihm steht Heinz drauf. Er heißt trotzdem Pios. Solange er hier ist, wer weiß, wie lange das jetzt ist, heißt er so."

Frankie sagte nichts und glotzte in die Gegend. Bill fixierte den Tisch, als wolle er ein frisch bereitetes Essenstablett heraufbeschwören.

„Er hat verlangt, dass wir Pios zu ihm sagen. Also sagen wir Pios", erklärte Pit und lächelte. Frankie hob den Arm und streckte den Zeigefinger aus.

„Da kommt einer, der auch einen anderen Namen hat!"

Karl, der sich bemühte, Pits Informationen in einen sinnvollen Zusammenhang zu bringen, folgte dem jähen Hinweis eher automatisch und so verzögert, dass er den Mann erst bemerkte, als der schon am Tisch stand.

„Das ist Mabler - das ist Karl", stellte Pit vor.

Der Mann nickte kurz. Obgleich er näher bei Pit als bei Karl stehengeblieben war, fühlte dieser sich auf der Stelle unbehaglich. Wenn alle bisherigen Begegnungen im Zeichen lächelnder Freundlichkeit stattgefunden und die Männer ihm das

Freundlichkeit stattgefunden und die Männer ihm das Gefühl gegeben hatten, dass er willkommen sei und auf ihre Hilfe und Zuwendung rechnen dürfe, so war das jetzt anders.

Mabler machte keine Anstalten, ihm die Hand zu geben oder ihm auf die Schulter zu klopfen, und vor allem lächelte er nicht. Seine Haltung und sein Gesichtsausdruck passten eher zu einem Zusammentreffen, das Besorgnis oder gar Misstrauen hervorrief.

„Du bist letzte Nacht gekommen?" fragte er barsch.

Karl nickte bloß und warf Bill und Pit schnelle Blicke zu, als wolle er sich ihres Beistands versichern.

„Kannst du dich an irgendetwas erinnern?"

Karl verstand die Frage nicht, denn die Schärfe in Mablers Stimme hatte die Ungemütlichkeit der Situation so zugespitzt, dass er sich fast schon bedroht fühlte.

„Ach... wie meinst du das?"

„Hattest du irgendwelche Bilder im Kopf, bevor dich die Kameraden geweckt haben? Vielleicht nur blasse Formen, Bewegungen. Oder Satzfetzen. Wörter. Etwas in der Art."

„Nein. Sie haben mich gar nicht geweckt. Ich bin einfach aufgewacht. Das einzige, was ich gehört habe, waren ihre Stimmen."

„Sonst nichts?"

„Bestimmt nicht. Ich war viel zu kaputt, um irgendwas im Kopf haben zu können."

„Jetzt bedräng ihn nicht gleich so, Mabler. Er ist noch gar nicht voll da. Du kannst dich morgen mit ihm unterhalten." Pits Stimme hatte jede Fröhlichkeit verloren.

„Du hast keine Ahnung. Je früher ich ihn frage, desto besser. Ihr hättet mich sofort benachrichtigen sollen. Wir haben nicht alle Tage einen Neuen. Also nochmals..." - er hatte, während er zu Pit sprach, keine Sekunde lang den Blick von Karl abgewandt - „...kannst du dich erinnern, was gewesen ist, bevor du aufgewacht bist? Streng dich an, das ist wichtig!"

Karl sah sich unter Druck gesetzt. Die Aggressivität, mit der Mabler sein Anliegen vorbrachte, war deutlich. Karl musste an Pios' Worte vom Reich des Friedens und der Freude denken. Wenn diese Worte in irgendeiner Weise zutreffen sollten, war Mabler davon ausgenommen.

Nicht das leiseste Geräusch war zu hören. Es schien, als warte der ganze Speisesaal auf seine Antwort.

„Es tut mir leid. Ich kann mich an nichts erinnern. Wirklich nicht."

Bill sagte: „Mir ging's genauso. Als ich hier ankam, hat er mich auch gleich in die Mangel genommen. Aber mir fiel beim besten Willen nichts ein."

Karl warf ihm einen dankbaren Blick zu.

„Nun gut. Falls dir doch noch was einfallen sollte, sagst du mir bitte Bescheid, ja? Die anderen werden dir zeigen, wo du mich findest." Er drehte sich um und verschwand grußlos.

Pit grinste jetzt wieder und sagte: „Mach dir nichts draus. Mabler kann nichts dafür, er meint es auch nicht so. Er hat diesen Tick mit dem Erinnern. Immer löchert er einen damit."

„Er ist ein bisschen anders... irgendwie nicht ganz... na ja", sagte Frankie und untermalte seine vage Bemerkung mit einer entsprechenden Geste. „Beim Abendbrot hält er sich völlig zurück. Trinkt nichts und isst nicht eine einzige Praline."

„Raucht auch nichts", fuhr Pit fort. „Ich glaube, er spielt eine Sonderrolle. Was das Experiment betrifft. Ich weiß nur nicht, welche Rolle das sein soll."

„Experiment?!"

„Ja, natürlich..."

„Ach, hör auf, Pit", unterbrach Bill und klatschte mit der flachen Hand auf den Tisch. „Karl ist schon genug durcheinander, und jetzt kommst du noch mit deinem Experiment. Hör bloß auf."

„Früher oder später merkt er es ohnehin, so oder so."

„Was denn?" Bill blieb unwillig. „Ich hab bis heute nichts davon gemerkt, dass das ein Experiment sein soll. Wozu denn? Und wie soll das überhaupt funktionieren?"

„Und die Kameras? Meinst du, das sind Dekorationen?"

„Kameras?" Karl stürzte von einer Verwirrung in die nächste. „Von was redet ihr? Ich verstehe kein Wort."

Frankie winkte ab. „Lass nur", sagte er, „ich versteh's auch nicht. Jeder hat hier seine ganz persönliche Anschauung. Pit meint, dass die kleinen Kästen in den Ecken..." - seine Hand wies auf die Ecke rechts über dem Eingang, wo tatsächlich ein kleiner schwarzer Kasten zu sehen war - „... Kameras sind. Kann sein, muss aber nicht. Ziemlich sinnlos, darüber zu streiten."

111

Die Männer am Nebentisch erhoben sich. Sie rieben sich die Bäuche und machten Grimassen. Rob und Albin zeigten sich gewiss, dass Karl bald zu Kräften kommen werde, und sie erinnerten ihn ans Mittag- und vor allem ans Abendessen. Dann gingen sie. Es waren nun nicht mehr viele Tische besetzt.

Karl versuchte nachzudenken, erkannte aber gleich, dass er zu keiner Überlegung fähig war. Die zunehmende Leere im Saal schien seine Innenwelt widerzuspiegeln.

„Du siehst müde aus", meinte Frankie.

„Klar ist er müde. Ein dickes Frühstück und gleich soviel Aufregung, wo er doch eben erst angekommen ist." Bill fuchtelte mit den Händen, um die Belastung zu veranschaulichen.

„Ja, ich bin müde", gab Karl zu.

„Dann legst du dich am besten wieder hin", riet ihm Pit, und die anderen stimmten zu. Sie erhoben sich.

Beim Rausgehen warf Karl einen Blick hinauf in die Ecke: ein mattschwarzes Kästchen, das in den Saal hinein zeigte und an der Vorderseite eine kreisrunde Öffnung hatte. Es war ihm unmöglich, Genaueres zu erkennen. Es konnte eine Kamera sein oder auch etwas anderes.

Wieder ließ er sich von Bill stützen, da er so schwach war, dass er am liebsten auf der Stelle eingeschlafen wäre. Sie gingen langsam zurück. Sie versprachen ihm, dass sie ihn rechtzeitig wecken würden, wenn er bis zum Mittag nicht von allein wach werden sollte.

Es war ein körperliches Bedürfnis, das ihn weckte. Er erhob sich, wartete ab, bis der schwarze Schleier vor den Augen verschwunden war, und ging hinaus auf den Gang. Sein Weg führte ihn in die nächste Kabine, wo Frankie auf dem Stuhl vor dem Tisch saß und auf die runde Fläche darüber stierte. Frankie drehte sich um.

„He, du bist auf?"

„Ja. Ich muss mal eben."

„Schräg gegenüber von Bills Hütte. Die erste links. Die zweite, das sind die Duschen. Hast du gut geschlafen?"

„Ja, danke." Er schlurfte an der Kabine von Pit vorbei, der ihn auch bemerkte und rief: „Hallo, Karl! Auf Wanderschaft?"

„Muss auf Toilette."

„Kennst du den Weg?"

„Ja, Frankie hat's mir gesagt."

„Bis dann, Karl."

„Bis dann, Pit."

Bill war nicht da.

Karl ging durch den ihm angezeigten Eingang. Auch hier war alles grün und von hellem Deckenlicht beleuchtet. Zur Linken vier schmale Türen, rechts ein Waschbecken an der Wand. Als er fertig war, überlegte er, ob er gleich duschen sollte. Aber er hatte noch keine Lust dazu.

Wieder auf dem Gang, blieb er nach wenigen Schritten stehen. Mit seiner rechten Hand stimmte etwas nicht. Schon auf der Toilette hatte er das komische Gefühl gehabt, noch den Türknopf zu halten, als er längst auf dem Topf saß und die Tür schon längst geschlossen war. Nun fühlte sich die Hand schwer und heiß an, ohne dass er wusste, warum das so war.

Er streckte und beugte die Finger, um das unangenehme Gefühl loszuwerden. Mit der anderen Hand hielt er den Unterarm, die Handfläche lag offen. Es kam ihm so vor, als sehe er dunkle Streifen darauf. Er spreizte die Finger und hielt sich die Hand näher vor Augen. Wenngleich sie einem anderen zu gehören, einerseits zu breit, andererseits zu klein, in einem Augenblick zu verschwimmen, im nächsten Augenblick wie eine wundersame topografische Miniatur Berge und Täler zu bilden schien, so war für ihn, der nun alle Konzentration aufwendete, die ihm zur Verfügung stand, noch deutlich genug zu sehen, dass – ja, dass zwei dunkelrote Streifen darüber liefen.

Vielleicht waren es doch Täuschungen? Nein, sie veränderten sich nicht. Sie zogen sich quer über die Haut, die untere Spur bis zum Daumen hinauf. Er strich mit den Fingern der anderen Hand darüber. Kein Zweifel - das waren Narben. Und dann, die Hand dicht vor dem Gesicht, dachte Karl an zwei große Buchstaben, nur ganz kurz, aber das Bild war da und blieb: ein großes E und ein großes R.

ER.

Jäh fuhr ihm frische Lebendigkeit in die Glieder. Er machte kehrt und sah noch einmal in den Toilettenraum. Von links oberhalb des Waschbeckens starrte ihm ein schwarzes Kästchen entgegen.

Schon war er wieder draußen und eilte zum Duschraum, wo er den gesuchten Gegenstand an vergleichbarer Stelle fand. Dann lief er zurück, zuerst in Bills Kabine. Hier hing das Kästchen in der Ecke, von wo aus vom Tisch bis zum Bett alles zu überblicken war. Das genügte. Nach ein paar hastigen Schritten stand er bei Pit und sah sich einem identischen Anblick gegenüber.

„Was ist los, Karl? Hat dich was gestochen?"

Aber Karl war schon weiter, stand kurz in der Kabine von Frankie, der ihn entgeistert ansah, und schließlich in der eigenen. Die zwei Kameraden fanden ihn dort wie angewurzelt, Gesicht und Blick einer imaginären Ferne zugewandt.

„Karl - ist was passiert?"

Langsam drehte er den Kopf. „Nein. Ich weiß nicht, Frankie."

„He - ich bin Pit!"

„Oh, entschuldige, Pit. Ich glaube, ich bin ein bisschen durcheinander. Entschuldige."

„Schon gut, schon gut. Aber sag mal, was läufst du so aufgescheucht durch die Gegend? Was ist denn?"

„Vielleicht träumt er noch. Eh, Karl - warst du auf Klo?"

„Ja, war ich."

Pit ging zu ihm und schüttelte ihn leicht. „Schläfst du im Stehen oder was? He, ich rede mit dir!"

„Ich weiß. Gerade eben muss mir was durch den Kopf gegangen sein, aber mir fällt nicht ein, was es war." Sein Blick wanderte von Pit zu Frankie und zurück, dann nach oben. Er zuckte zusammen, hob die rechte Hand und hielt sie sich vors Gesicht.

„Was... ist's dir jetzt eingefallen?"

Karl murmelte irgendwas, dann hielt er Pit die Hand hin. „Siehst du die Streifen?"

Pit blinzelte. Er strengte sich sichtbar an, etwas zu erkennen. „Schon möglich, dass da Streifen sind. Hast dir nicht die Hände gewaschen, du Schweinchen, was?" Er grinste ihn an.

„Ich war nur Pinkeln." Karl nahm die Hand runter, rieb mit der anderen heftig darauf herum und zeigte sie Pit erneut.

Diesmal sah Pit nur flüchtig hin. „Schon gut, Karl. War nur ein Witz. Ist ja egal. Du solltest dich nochmal hinlegen, ist noch ne Weile bis zum Mittagessen."

Karl sah Frankie an. „Ich will jetzt nicht schlafen. Mabler sagte, ihr wisst, wo seine Kabine ist."

„Stimmt. Willst du etwa zu ihm?"

„Ja."

Pit ließ ab von ihm und sagte: „Ich meine doch, du solltest besser noch ein Stück schlafen. Aber mach, was du willst." Er ging.

Frankie erklärte ihm, wo Mablers Kabine lag.

Karl lief los, an den Kabinen, an Toilette und Duschraum vorbei. Der Gang begann sich zu neigen, während er eine Linkskurve machte. Da war die Gabelung. Karl hielt sich links, musste dann aber bald innehalten, da ihm das Laufen alle Luft aus den Lungen saugte. Aber er blieb nicht lange stehen, sondern ging weiter, keuchend. Er wollte keine Zeit verlieren. Jetzt erinnerte er sich noch, im nächsten Moment vielleicht nicht mehr - so wie vorhin, als Pit und Frankie in seine Kabine kamen.

Der Gang machte noch eine enge Schlaufe, bevor zwei Öffnungen zu erkennen waren. Karl sah hinein und entdeckte Duschen und Toilettentüren. Kurz dahinter kamen die Kabinentüren in Sicht.

Entschlossen betrat Karl die zweite Kabine - und stand Mabler gegenüber, der mit verschränkten Beinen auf seinem Bett saß. Er hatte die Augen geschlossen und schien das Hereinkommen Karls nicht bemerkt zu haben. Auf dem Bruststück seines Overalls stand „Mallhausen" - ein Name, den Karl beim Frühstück entweder nicht gesehen oder nicht beachtet hatte und der ihm nun nicht weniger seltsam als das Pseudonym vorkam.

„Ma... Mabler?"

Der Angesprochene hatte sich offenkundig in einem Trancezustand befunden, denn er schlug die Augen nur sehr zögerlich auf, als ob er sich erst orientieren müsse. Als er Karl endlich wahrnahm, zeigte er Erstaunen.

„Ach, der Neue... Karl, wollte ich sagen. Ich hatte nicht damit gerechnet, dich so bald bei mir zu sehen. Heißt das etwa, dass dir doch etwas eingefallen ist?"

„Ja. Es ist nicht viel."

„Völlig egal. Setz dich auf den Stuhl da. Ich bin gespannt, was du mir sagen wirst."

Karl setzte sich und erzählte ohne Umschweife. Mabler hörte aufmerksam zu. Dann fragte er: „Das ist alles?"

„Ja."

„Gut. Dann möchte ich mal deine Hand sehen."

Karl stand auf und zeigte sie ihm. Mabler betastete die Spuren sorgfältig und schien sie abzumessen, indem er seine Finger darüberlegte. Dann nickte er.

„Natürlich kann ich nicht exakt sagen, was mit deiner Hand passiert ist. Wahrscheinlich handelt es sich um eine Verbrennung. Färbung und Struktur sprechen dafür, dass sie behandelt wurde. Wenn sie normal geheilt wäre, sähe sie anders aus. Es kann also sein, dass die Verbrennung erst vor wenigen Tagen erfolgt ist."

„Verbrennung? Vor ein paar Tagen?"

„Ja. Und was die Form angeht, so musst du etwas gehalten haben. Du hast nicht nur irgenwohin gefasst, sondern was gehalten, einen Griff oder ein Gerät mit festen, parallelen Kanten. Kannst du dir vorstellen, was es war?"

Karl schwieg und betrachete die Brandmale. Ein Gerät... ein Gerät, das er in der Hand... zu einem bestimmten Zweck, in einer Situation... und dann hat es gebrannt... nein!

„Es ist explodiert!" entfuhr es ihm.

„Aha. Siehst du. Aber es kann keine so schlimme Explosion gewesen sein, sonst hättest du die Hand eingebüßt. Dieser Gegenstand war nicht zum Explodieren bestimmt, sondern er wurde durch andere Umstände zerstört oder er zerstörte sich selbst. Kann das sein?"

Karl sah ihn mit großen Augen an. Selbst... selbst zerstört...

„Ja, ein Selbstzerstörungsmechanismus, das kann es gewesen sein, Mabler!"

„Du bist dir nicht sicher?"

„Nein... doch, ja doch - ein Handgerät, ein Rekorder, ja, ich habe damit... ich weiß es nicht genau, es ist alles so dunkel. Aber... ich habe einen Knopf gedrückt, ich war aufgeregt und hatte vergessen, es rechtzeitig wegzulegen, so ungefähr, ja."

„Nicht schlecht. Ein Rekorder also. Was hast du aufgenommen - oder hast du es nur transportiert? Erinnerst du dich, Karl?"

Er versuchte es, geriet mit seinen herumtappenden Gedanken aber in eine unergiebige Kreisbewegung. Kopfschütteln.

„Macht nichts", sagte Mabler. „Nur nicht stehenbleiben. Was ist mit den zwei Buchstaben - du bleibst dabei, dass es nur diese zwei sind, dass sie zusammenstehen und groß geschrieben sind?"

Karl nickte.

„Eine Abkürzung. Und zwar eine, die mir nicht ganz unbekannt vorkommt. Jetzt müssen wir beide nachdenken."

„Ob es was mit der Verbrennung zu tun hat?"

„Anzunehmen. Du hast ja gleich daran gedacht, nicht?"

„Ja. Gleich danach."

„Ist es ein Programm? Eine Signatur? Es gibt einen Zusammenhang mit dem, was du getan hast. Andrerseits muss es mehr als eine persönliche Bedeutung haben, da ich davon auch eine Ahnung habe. Überlege, Karl!"

„Mir ist bald schlecht vor lauter überlegen."

„Gut. Sicher, du bist noch geschwächt. Ich tue den ganzen Tag nichts anderes als zu überlegen. Wir müssen uns verbünden, Karl. Alle anderen sind schon verloren."

„Wie meinst du das?"

„Was haben sie dir von mir erzählt?"

„Beim Frühstück? Nun, ich sollte deine Fragerei nicht so ernst nehmen, du wärst nicht so ganz... nicht so ganz richtig, sie haben's nicht so direkt gesagt."

„Und weiter?"

„Na ja, du rauchst nicht, sagten sie, trinkst nicht und isst keine Pralinen."

Mabler schmunzelte flüchtig. „Das ist logisch. Da sie alle rauchen, saufen und Pralinen fressen, müssen sie mich für nicht ganz richtig halten. Ich bin überzeugt, dass dieses Zeug Träume verhindert. Ich bin der einzige hier, der träumt, verstehst du?"

„Was träumst du denn?"

„Seltsame Dinge. Ich bin mit fremden Menschen zusammen, die mich Mabler nennen. Daher glaube ich, dass Mallhausen falsch ist. Ich glaube meinen Träumen mehr als dem, was hier ist. Es gibt Gründe dafür. Aber was hat das zu bedeuten, was um uns herum ist? Ich versuche, es zu verstehen."

117

„Wie lange bist du schon hier, Mabler?"

„Gute Frage. So fragt hier keiner. Du scheinst anders zu sein, Karl. Ja, ich habe versucht, die Tage zu zählen. Da es nichts gibt, wonach man sich richten kann, ist es schwer, auf die exakte Zahl zu kommen. Ungefähr sechzig Tage sind es bei mir. Nach mir sind noch Bill und Toto gekommen, zirka dreißig Tage später. Und jetzt du."

„Bill wirkt, als wäre er schon länger hier."

„Er hat sich schnell angepasst. Er ist verfressen und versoffen. Das ist hier so üblich. Abends werden Feste gefeiert, weil die Theken dann genügend Alkohol und Tabak zur Verfügung stellen. Raffiniert, oder? Erst abends gibt es was, also wartet jeder und freut sich aufs Abendbrot. Dann kann's losgehen. Steckt System dahinter. Ich gebe dir einen Rat: Halte dich zurück, so gut es geht. Wenn du wissen willst, was oder wer ER ist, warum du dir die Hand verbrannt hast, warum du hier bist. Sonst rutschst du in den Sumpf und kommst nicht mehr raus. Willst du das versuchen, mir und dir zuliebe?"

Mablers Blick war wieder so eindringlich, dass Karl erschauerte.

„Ja, ich versuch das. Ich will auch wieder klar sehen können. Das sollte nämlich auch besser sein."

„Ah, da haben wir's! Du siehst alles leicht verschwommen, oder?"

„Unscharf, verschwommen. Ja."

„Wie bei mir! Ich dachte schon, es sei eine alte Augenschwäche, an die ich mich nicht mehr erinnern konnte. Aber das ist jetzt der Beweis. Allmählich kommt was in Gang." Mablers Gesicht schien zu leuchten. „Es ist ein Mosaikspiel, Karl. Wir müssen die einzelnen Steinchen suchen und zusammensetzen. Aber jetzt müssen wir Pause machen, es ist gleich Mittagszeit. Du solltest zu deinen Partnern zurückgehen. Hier wird nämlich viel Wert darauf gelegt, dass man geschlossen zum Essen geht. Da es an Innerem fehlt, gewinnt das Äußere an Bedeutung, verstehst du?"

„Ich glaube, ich verstehe, Mabler."

„Und noch was, wegen heute Abend. Man wird dir zu Ehren ein Fest machen, und daher wirst du nicht drumherum kommen, auch zu trinken. Sei trotzdem vorsichtig. Du weißt ja. Das ist unsere Chance, wir dürfen sie nicht verspielen. Also bis später."

Karl verabschiedete sich und ging.

Ihm schwirrte der Kopf. Natürlich hätte er noch mehr fragen können. Aber Mabler hatte Recht: Das genügte vorerst. Selbst wenn
er dieses Kürzel vergaß, würde es Mabler noch wissen. Ja, es
war wichtig, darüber zu reden. Allein wäre er wohl nicht darauf
gekommen - oder etwa doch? Ein Rekorder also... und, und - ein
Kodierer?! Ja! Eine Aufnahme - und ein Kode, von oder mit einem Kode!
„Ein Kode!" rief er laut und wollte schon kehrt machen, um Mabler
die Neuigkeit mitzuteilen. Doch er besann sich rasch. Eigentlich
war das kein großer Fortschritt, vielleicht sogar eine falsche Fähr-
te. Er durfte nichts überstürzen. Was für ein Kode überhaupt?
Zwei Buchstaben? Dazu brauchte man doch keinen Rekorder.
Nein, es blieb kompliziert genug. Und... he, sehe ich jetzt etwa
klarer?
Dort vorn standen seine Zimmernachbarn, links Bill, daneben Pit
und rechts außen Frankie. Ja, er konnte Pit und Frankie unterscheiden, obwohl es bestimmt noch vierzig Schritte bis dahin
waren!
Als sie ihn empfingen, sagte er ihnen nichts davon.

Das Essen bestand aus einer klaren Suppe, Kartoffeln, rötlichem
Gemüse und einem Stück Fleisch. Diesmal holte sich Karl sein
Tablett selbst. Jede dieser Wandtheken stellte vier fertige Essen
bereit. Wurden diese abgeholt, schwenkten dahinter Klappen auf
und vier neue Tabletts erschienen. Es funktionierte reibungslos.
Frankie fragte: „Fühlst du dich besser inzwischen?"
„Ja, doch. Aber es könnte besser sein."
„Wird es noch. Wird es bestimmt noch", meinte Bill.
Nach einer Weile fragte Karl: „Wo warst du eigentlich vorhin,
Bill?"
„Ich? Wann vorhin?"
„Na, als ich auf Klo ging und danach zu Mabler, waren nur Fran-
kie und Pit da. Haben sie dir nichts davon gesagt?"
„Nein, ich weiß nicht genau, aber moment mal - ja, ich war bei
Toto, glaub ich. Ja, doch, ich war bei ihm."
„Einfach so?"

„Ja, einfach so. Zum Unterhalten. Komische Fragen stellst du vielleicht. Aber dass du bei Mabler warst, ist ja toll - ohne dich zu verlaufen."

„Frankie hat mir den Weg gesagt."

„Klar. Trotzdem." Bill aß weit weniger schnell als noch am Morgen. Er machte auch kein sehr zufriedenes Gesicht dabei. Was die Ursache dafür sein mochte, deutete in diesem Moment Pit an: „Das schmeckt ja zum Kinder kriegen heute." Er aß zwar weiter, aber seinen Widerwillen konnte man ihm ansehen.

Seltsam, dachte Karl, es schmeckt eigentlich weder gut noch schlecht, aber das kann daran liegen, dass es mein erster Mittag hier ist. Frankie sagte nichts dazu, ließ aber schließlich das Gemüse und ein paar Kartoffeln übrig. Vielleicht tut er das immer, vielleicht auch nicht, dachte Karl, wollte aber nicht fragen. Stattdessen sah er sich um und gewann den Eindruck, dass die Mienen der versammelten Männer nicht so fröhlich waren wie am Morgen. Ab und zu sah ihn einer an, beließ es aber bei einem knappen Kopfnicken. Oder nicht einmal das. Wenige Stunden vorher waren es noch Zurufe und Armewinken gewesen.

Er beendete seine Mahlzeit nachdenklich, ohne ein weiteres Wort mit den Freunden zu wechseln. Als er sein Tablett abtransportierte, stieß er fast mit Pios zusammen.

„Hallo, mein Freund. Lebst du dich ein?" fragte der.

„Vielleicht. Ich weiß noch nicht." Und Karl ergänzte: „Ich suche nach Erinnerungen."

Pios schien von der Formulierung nicht überrascht zu sein. „Ich wünsche dir Glück dabei." Da Pios' Weg zu einer anderen Theke führte, beeilte sich Karl, ihm seinerseits eine Frage zu stellen.

„Ach, Pios - träumst du eigentlich?"

„Wie kommst du denn darauf?"

„Du hast so wie Mabler einen anderen Namen. Er hat den seinen aus einem Traum."

„Aus einem Traum? Ganz unmöglich, mein Freund. Schließlich sind wir hier in der besseren Welt. Träume waren Zeichensysteme unserer versteckten Hoffnungen und Befürchtungen. Doch das ist vorbei, das brauchen wir hier nicht mehr."

Sie waren stehen geblieben und mussten ein Stück zur Seite rücken, um die Männer, die zu den Theken wollten, vorbei zu lassen.

„Die bessere Welt? Was soll das heißen?"

„Hast du es denn noch nicht bemerkt? Hier sind Freude und Frieden, guter Karl. Ehrgeiz, Neid und Missgunst gibt es nicht mehr. Auch Eile oder Ungeduld nicht. Unsere lange Suche nach der vollendeten Ordnung, unser Wunsch nach Glück und Geborgenheit ist erfüllt. Wir sind am Ziel, mein Freund, die Reise ist zuende. Dies ist das Reich der Besserung. Wir sind erlöst."

Karl sah ihn schweigend an. Ein breitflächiges, glänzendes Gesicht mit einer Stupsnase und wulstigen, feucht schimmernden Lippen. Die Augen schienen ins Leere gerichtet.

„Das ist schön, Pios", sagte Karl schließlich. „Aber wie kommst du zu deinem Namen, wenn du nicht träumst?"

„Ich habe mir die Freiheit genommen, ihn mir zu geben. Ich weiß nicht, welche Fügung mich Heinz benennen wollte, aber es sagte mir nicht zu. Auch mein Name muss mich zufrieden stellen an diesem guten Ort. Also wählte ich Pios. Das klingt viel besser, nicht wahr?"

„Ja, es ist ein schöner Name." Er sah sich um. „Ich glaube, meine Freunde warten auf mich. Wir werden uns später weiter unterhalten."

„Sicher. Lebe wohl." Sie trennten sich.

Karl brachte sein Tablett zu der Theke, wo die drei auf ihn warteten. Pit wirkte leicht amüsiert, die zwei anderen schauten mehr oder weniger gleichgültig drein.

„Ich habe Pios nach seinem Namen gefragt", glaubte Karl erklären zu müssen.

„Oja, er ist ziemlich stolz drauf", sagte Frankie, und sie marschierten los.

Pit lachte auf. „Und ob. Er ist überzeugt, dass das hier so eine Art Paradies ist. Wahrscheinlich ist er nur ein weiterer schwer bestimmbarer Faktor des Experiments. Auf knapp zehn Männer kommt ein solcher Spinner, nach meiner groben Schätzung."

„Selber Spinner", brummte Bill, offenkundig übellaunig.

„Und was ist deine Meinung?" wurde er von Karl gefragt, der dies umgehend bereute, denn Bill blieb ruckartig stehen, zog die Augenbrauen zusammen und starrte ihn wütend an.

„Hör bloß auf mit deiner dämlichen Herumfragerei! Das ist kein Experiment, das ist kein Jenseits und das ist auch kein Quiz-Spiel!" Er schaufte verächtlich. „Mich interessiert überhaupt nicht, was das hier ist, so lange mir nur keiner auf die Nerven geht."

Karl sah, dass es in seinen Mundwinkeln zuckte. Außerdem fiel ihm nun erst auf, dass sich eine feine, aber lange Narbe schräg über sein Kinn zog.

„Allerdings weiß ich jetzt, dass das auch kein Erste-Klasse-Hotel ist, verdammt! So schlecht hab ich hier noch nie gegessen."

Bill wandte sich ab und ging weiter. Die anderen folgten ihm.

„Bill hat Recht", sagte Pit. „Ich hab auch ein komisches Gefühl im Bauch. Wirklich komisch."

„Hoffentlich ist es heute Abend besser", meinte Frankie, der nun neben Karl ging.

„Darf ich dich was fragen?" Karl war vorsichtig geworden.

„Klar. Schieß los."

„Hast du Bill schon mal so erlebt? Ich meine, heute Morgen war er ganz fröhlich und aufgedreht, wie ihr alle..."

„Ich weiß nicht. Ich glaube nicht, dass er schon mal so war. Aber das Essen war wirklich nicht besonders, und Bill ist ein leidenschaftlicher Esser."

„War denn das Essen immer gut?"

„Ich glaube schon."

„Und was glaubst du, bedeutet das alles? Das, was Pit als Experiment bezeichnet."

„Oje, keine Ahnung. Sieht so aus, als wenn's ein gemütlicher Laden wäre, mit netten Leuten, viel Erholung, gutem Essen..."

„Bis heute."

„Ja, zumindest bis heute, wer weiß."

„Aber was bedeutet es? Du hast die Sachen aufgezählt, die jeder aufzählen würde. Aber warum ist es so, oder was sollen zum Beispiel die Kameras überall?"

„Ja, die Kameras. Wenn es welche sind, dann ist das wohl so ne Art Film. Wir werden gefilmt, und irgendwer guckt sich uns an."

„Ziemlich langweiliger Film. Wer könnte das sein, der uns zuguckt?"

„Pfft, hab ich nicht die leiseste Ahnung. Ist ja auch nur so ein Gedanke."

Karl grübelte. Als sie fast angekommen waren - Bill war schon verschwunden, Pit schaute sich einmal kurz um und ging dann auch in seine Kabine - fiel ihm etwas ein. „Vorhin, als ich bei dir vorbeikam, bist du am Tisch gesessen und hast in das Loch geschaut. Was ist das eigentlich?"

„Loch sagst du? Das ist ein Bullauge. Du hast doch auch eins."

Sie gingen in Karls Kabine. Frankie langte über den Tisch und drückte einen Knopf, der unter dem großen kreisrunden Wandausschnitt angebracht war. Karl erkannte nichts.

„Komm her", sagte Frankie. „Man muss direkt davor sein, um was sehen zu können."

Karl ging hin, und dann sah er es auch: unzählige glühende Pünktchen auf schwarzem Grund, ein Meer voller kleiner Lichter.

„Das... das sind ja Sterne!"

„Ganz nett, was?"

Die Sterne schienen sehr weit weg zu sein, viele hatten einen Hauch von Farbe, mal leicht orange, mal bläulich, und einige standen so dicht beisammen, dass man sie kaum auseinanderhalten konnte. Ihr Glanz war vollkommen ruhig. Karl hatte den Eindruck, dieser Glanz wolle sich mit haarfeinen Nadeln, schmerzlos, doch immer tiefer in seine Pupillen bohren.

„Aber das hieße ja, Frankie, dass wir im Weltraum sind!"

„Muss nicht sein. Ist vielleicht auch nur ein Film."

„Oder einfach nur ein Bild?"

„Nee, das nicht. Wenn man lange genug hinsieht, merkt man, wie die Sterne wandern. Vor allem am Rand sieht man's."

Karl suchte sich einen Stern heraus, der dicht am Rand lag. Nach kurzer Zeit war er weg. „Tatsächlich. Aber ein Film ist das nicht, das macht ja keinen Sinn. Ich glaube eher, dass wir uns bewegen."

„Wie das denn?"

„Entweder wir drehen uns, oder wir fliegen. Oder beides."

Frankie machte ein trauriges Gesicht. Sein dichter Haarschopf war unordentlich. Graue Strähnen, die buschigen Brauen und die lange, unregelmäßig geformte Nase ließen ihn älter aussehen, als er womöglich war.

„Ich hab ein ganz flaues Gefühl im Bauch, Karl. Mir ist speiübel."

„Man sieht's. Du solltest dich hinlegen."

„Ich weiß. Ist ohnehin Ruhezeit. Aber ich geh vorher besser mal wohin. Wir sehen uns später."

„Gute Besserung, Frankie."

In leicht gekrümmter Haltung verließ Frankie die Kabine. Er leidet, dachte Karl. Pit und Bill vielleicht auch...

Gift? Nein, bei sich konnte er kein Unwohlsein feststellen. Im Gegenteil: Er fühlte sich besser und kräftiger als Stunden vorher.

Wieder wandte er sich dem Bullauge zu. Ja, seine Sehschärfe hatte sich inzwischen auch deutlich verbessert. Dabei fiel ihm ein, dass er die Gesichter von Pios, Bill und Frankie ganz detailliert hatte erkennen können.

Etwas passiert hier... ich muss zu Mabler!

Schon war Karl draußen und lief los. Die drei anderen Kabinen waren, soweit er das sehen konnte, leer. Helfen konnte er seinen Kameraden wohl kaum, er hätte jetzt auch weder Lust noch Zeit dazu gehabt.

Als er auf die Gabelung stieß, blieb er stehen. Er wusste nicht warum, aber sein Bedürfnis, mit Mabler zu reden, wurde plötzlich von einer mächtigen Neugier überdeckt. Das war die Gelegenheit, einmal auf eigene Faust was zu entdecken. Was auch immer. Kurz entschlossen folgte er der rechten Abzweigung.

Die Krümmung blieb schwach, doch beständig. Karl kam gut voran, doch etwas anderes als diese ewig grüne Röhre wollte sich ihm nicht zeigen. Unter den gegebenen Umständen war es ihm so gut wie unmöglich, den zurückgelegten Weg abzuschätzen. Nur sein Zeitgefühl sagte ihm, dass es schon viel zu lange dauerte. Er war nahe daran umzukehren - als die Krümmung aufhörte.

Der Gang verlief nun eben und geradeaus. Perspektive und Farbintensität gaukelten Karl vor, am Ende fiele alles in einen kleinen runden Klecks zusammen.

Dieser Anblick spornte ihn weiter an. Bald erkannte er, dass der Eindruck nicht falsch gewesen war: Da vorne gab es kein Weiterkommen, der Gang war eine Sackgasse.

Heftig atmend blieb er stehen. Eine konvexe Platte schloss den Gang ab, wie ein großer Propfen randdicht von außen aufgesetzt. Der Eindruck der Undurchdringlichkeit kam auch daher, dass die Platte nicht das übliche Noppenmuster besaß und von einem helleren, fast metallisch glänzenden Grün war.

Vorsichtig streckte Karl die Hand danach aus und zog sie gleich wieder zurück. Es war Metall! Erneut hob er die Hand und schlug zweimal dagegen. Außer dem dumpf klatschenden Geräusch des Fleisches gegen das harte Material war nichts zu hören. Die Platte war nicht nur hart, sie war auch äußerst solide. Er suchte nach einem Öffnungsmechanismus, da ihm ein unbeweglicher Verschluss am Ende eines so langen Tunnels sinnlos vorkam, doch er konnte nichts Derartiges entdecken. Sollte sich die Platte öffnen lassen, dann nur von der anderen Seite her.

Was hat das nun wieder zu bedeuten? fragte er sich, sah aber gleich ein, dass eine Antwort nicht im Bereich seiner gegenwärtigen Möglichkeiten lag. Er tastete links und rechts am Rand entlang. Wandung und Platte saßen tatsächlich so dicht aneinander, dass nicht einmal ein Haar hindurch gepasst hätte. Er gab es auf und ging zurück.

Als er wieder bei der Gabelung ankam, traf er auf Pit.

„Hast du Bill gesehen?" keuchte der. Die körperliche Schwächung stand ihm ins Gesicht geschrieben.

„Nein. Wieso?"

„Naja, in seiner Bude sieht's aus, als hätte der Blitz eingeschlagen. Eine einzige Verwüstung. Frankie und ich waren noch auf Toilette, als wir ihn schreien und toben hörten. Als wir hin kamen, war er schon weg. Hilfst du mir suchen?"

„Sicher. Scheint sich ja einiges zu tun, mit einem Mal."

„Sieht so aus. Seit du hier bist, gerät alles so langsam aus den Fugen." Kein Vorwurf lag in den Worten. Es war eine Feststellung.

Sie gingen in Richtung der Kabinen der Mabler-Gruppe. Dorthin hatte Karl ohnehin gehen wollen.

„Hat das wohl was mit dem Experiment zu tun?"

„Experiment? Ach so, du meinst meine Theorie." Pit gab ein kurzes Lachen von sich, das eher erschöpft als heiter klang. „Weiß nicht. Ich bin zu durcheinander. Was glaubst du? Hast du denn eine Theorie?"

„Seit wann stellst du Fragen, Pit?"

„Sollte ich nicht?"

„War nur ein Spaß. Eine Theorie habe ich nicht. Noch nicht. Könnte sich aber bald ändern, schätze ich."

„Stimmt. Durchaus möglich, dass wir in nächster Zeit mit mehr neuen Tatsachen konfrontiert sein werden, als sich Theorien ausdenken lassen. Dann könnten wir endlich induktiv vorgehen und bräuchten uns nicht länger nur auf waghalsige Spekulationen verlassen."

„Du sprichst ja wie... wie..." Karl fiel das Wort nicht ein, das zu Pits Worten passte. Er kam auch nicht mehr dazu, es zu finden, denn schon hatten sie ihr Ziel erreicht.

Gleich am ersten Eingang wurden sie von einem jungen rothaarigen Burschen namens Tex empfangen, der ihnen abweisend die Handflächen entgegen streckte.

„Langsam, Freunde. Seid leise. Vinnert hat Probleme. Mabler versucht gerade, ihm zu helfen."

Karl spähte über Tex' Schultern hinweg in die Kabine. Er erkannte Mabler, der sich über den in seinem Bett liegenden Vinnert beugte. Dessen Körper zuckte hin und her, die Beine rieben aneinander, die Hände griffen durch die Luft. Stöhnen und Stammeln war zu hören, aber auch die ruhige, gedämpfte Stimme Mablers.

„Hat er Krämpfe oder was?" fragte Pit, der wie Karl die Haltung von Tex respektierte und stehen geblieben war.

„Weiß nicht. Vielleicht eine Art Anfall. Wir dachten schon, er würde durchdrehen, aber Mabler kann damit umgehen. Er hat ihn schon ziemlich im Griff."

Es stimmte. Die unkontrollierten Bewegungen Vinnerts hörten auf, sein Jammern wurde leiser. Mabler blieb noch eine Weile in einer halb stehenden, halb auf dem Bett knienden Position, hielt Vinnert am Hals oder am Kopf, genau war es nicht zu sehen, und löste sich erst, als Vinnert völlig zur Ruhe gekommen war. Er kam zur Tür, nickte Pit und Karl zu und erklärte ungefragt:

„Auf den ersten Blick fast epilleptisch. Ist es aber nicht. Die Ursache ist wohl doch eher somatischer Art."

„Äh... das Mittagessen? Bill hatte auch so einen Anfall", stieß Pit hastig aus.

„Wenn du damit sagen willst, dass irgendwelche ungewohnten Stoffe im Essen waren, dann hätten wir alle mehr oder weniger ähnliche Reaktionen zeigen müssen. Ich gehe aber vom Gegenteil aus: Stoffe, die sonst immer im Essen waren, haben heute gefehlt." Er warf Karl einen Blick zu, der heißen mochte: Es geht voran.

„Aber dann müssten unsere Reaktionen doch auch ähnlich sein", hakte Pit nach. „Sind sie aber nicht. Bill ist nicht einfach umgekippt, sondern hat Randale gemacht. Und mir ist bloß schlecht geworden. Und Karl merkt offenbar gar nichts."

Mabler schüttelte den Kopf. „Das hängt von der Konstitution ab. Durch die Einnahme eines bestimmten Stoffes können Verhaltensweisen gewissermaßen vereinheitlicht werden. Durch das Ausbleiben einer solchen, sagen wir mal Droge, die über einen längeren Zeitraum eingenommen wurde, kommen wieder die ursprünglich unterschiedlichen Dispositionen zum Vorschein. Bei Karl ist es sowieso anders. Es war seine erste warme Mahlzeit hier. Und was, sagtest du, ist mit Bill?"

„Tobsuchtsanfall. Hat sein Bett zerfetzt und Stuhl und Tisch demoliert. Wir suchen ihn gerade."

Mabler machte ein düsteres Gesicht. „Das sieht nicht gut aus. Wahrscheinlich spielen sich derartige Dinge auch anderswo ab. Am besten, wir bewahren die Ruhe, bleiben zusammen und versuchen, das Schlimmste zu verhindern. Fangen wir bei Bill an."

Karl wandte sich an Tex: „Was ist mit dir?"

Tex grinste. „Ich hab mich gründlich ausgekotzt. Geht schon wieder."

„Und euer vierter Mann?"

„Schläft den Schlaf der Gerechten."

Mabler sagte zu ihm: „Du bleibst bei Vinnert. Wir sehen uns spätestens beim Abendessen."

„Okay. Wenn bis dahin nicht die Decke runtergekommen ist." Tex zog sich in die Kabine zurück. Die drei machten sich auf den Weg.

„Du bist Arzt, nicht wahr?" fragte Karl.

Mabler nickte. Er legte ein hohes Schritttempo vor.

„Wie hast du das eben geschafft, so ganz ohne Hilfsmittel?"
„Es gibt Methoden, auch ohne Medikamente jemanden ruhig zu stellen. Ich befürchte nur, dass es mir nicht unbedingt in jedem Fall gelingen..."
„Ja, ich befürchte auch schon was", unterbrach ihn Pit und zeigte nach vorn. Auf halber Sichtweite kam ihnen Frankie entgegen gerannt. Er hatte sich anscheinend völlig verausgabt, denn noch bevor er sie erreichte, drohten ihm die Beine einzuknicken. Pit fing ihn auf.
Doch ausruhen mochte sich Frankie nicht. Er gestikulierte in die rückwärtige Richtung und rollte mit den Augen. „Kommt... schnell", brachte er hervor. „Bill... er hat Toto erledigt... und Pios... spielt verrückt."
„Ist gut, Frankie", sagte Pit und sah die beiden anderen an. „Am besten macht ihr, dass ihr hinkommt!"
Karl und Mabler liefen los.

Eine gelbe Traube vibrierte vor dem Eingang. Der Vorfall hatte sich also schon herumgesprochen. Wir war das möglich? Die Gänge lassen eine weitere Ausbreitung von Schallwellen nicht zu, überlegte Karl. Vielleicht hatten Rob und Albin für das Publikum gesorgt.
„Lasst mich durch." Mehr als ein Japsen war das kaum. Mabler war, wie eben Frankie, vom schnellen Laufen entkräftet. Die Männer reagierten nicht.
Karl war besser bei Stimme: „Macht Platz da! Mabler ist Arzt - geht aus dem Weg!"
Widerwillig, doch vermutlich durch das Wort Arzt eingeschüchtert, rückten sie beiseite und ließen Mabler und Karl durch. Niemand sagte etwas. Ihre Mienen verrieten Neugier, Verwunderung, Verwirrung. Und Angst.
An der hinteren Wand, zwischen Bett und Stuhl, standen drei Männer vor einem großen, gekrümmten Bündel, zwei saßen daneben. Weiter vorn, in der Mitte der Kabine, lag ein gleichfalls gekrümmter, doch unverbundener Körper, fast noch kniend, die Brust am Boden und das Gesicht auf der Seite. Trotz des Gedränges, das freilich Ähnlichkeit mit einer stummen Theaterszene hatte, wirkte der leblose Toto merkwürdig einsam, auch durch

128

seine sonderbare Haltung von allem und allen um ihn herum abgetrennt, isoliert. Wie ein Horcher - oder ein verrückter Forscher,
erstarrt bei seiner Suche nach seltenen Fußbodenmikroben,
dachte Karl, hilflos gegenüber diesem grotesken Bild.
Mabler kniete sich hin, brachte ihn in Seitenlage, befühlte ihn und
stand wieder auf. Er sagte nichts. Es schienen alle zu wissen,
was er hätte sagen können. Dann machte er zwei Schritte und
hockte sich zu dem Bündel.
„Wir dachten, es ist am besten, ihn zu fesseln. Und was anderes
als das Betttuch gibt's ja nicht dafür", sagte einer der Stehenden
zu Mabler, offenkundig bemüht, sich zu rechtfertigen.
Es gibt schon ein Gefühl für Autorität, registrierte Karl.
Mabler murmelte vor sich hin. Erst jetzt merkte Karl, dass das
Bündel nicht ganz ruhig lag. Bill regte sich.
Karl ging zu den Männern, die vor Bill auf dem Boden saßen,
setzte sich ebenfalls und fragte den ersten: „Wie konntet ihr so
schnell hier sein?"
„Wir waren bei Rob in der Bude", sagte der Mann mit gedämpfter,
kummervoller Stimme, „und haben den Pios schreien hören. Es
war aber schon zu spät. Rob ist losgerannt und hat die anderen
geholt. Wir haben ihn dann gefesselt. Er hat sich nicht gewehrt,
hat nur blöde geglotzt und unverständlich gestammelt. Wahrscheinlich ist er irre geworden. Ja, irre."
„Und Pios?" Zwischen das Murmeln Mablers mischte sich ab und
zu eine knappe Wortfolge. Bill reagierte. Noch nicht ganz irre,
dachte Karl.
„Der liegt nebenan. Sie haben ihn rübergebracht. Vielleicht mussten sie ihn auch fesseln. Er hat sich sonstwie aufgeführt und geschrien, dass einem die Angst kommen konnte. Gegen Bill konnte er natürlich nichts ausrichten. Er ist zu weich. Armer Toto." Der
Mann war betroffen. Sein Name war Kosta. Karl wußte nicht
weshalb, aber er merkte ihn sich.
Mablers seltsames Gemurmel hatte aufgehört.
Kostas Gesicht wartete auf weitere Fragen. Mit halb geöffneten
Augen schien er zu hoffen, durch den Bericht, wie es dazu gekommen war, einer ungewohnten Beklemmung entkommen zu
können. Aber von sich aus sagte er nichts mehr.

Karl hatte vorerst von ihm genug gehört. Er verlagerte sein Gewicht und rutschte an die Seite Mablers. Die Männer hatten gründlich und fest gewickelt. Nur Bills Kopf war frei geblieben. Mablers linke Hand lag flach über seinen Augen.

„Was ist, Mabler?" fragte Karl so leise wie möglich. Kein Geräusch war sonst zu hören, kein einziger erleichternder Ton.

„Nervöse Erschöpfung. Ich habe ihn ein bisschen hypnotisiert. Er schläft jetzt." Als er die Hand hob, waren Bills Augen geschlossen. „Ich muss jetzt nach Pios sehen. Wo ist er?"

Karl sagte es ihm. Sie standen auf. Mabler bedeutete den umstehenden Männern, dass sie mitkommen sollten. Der Haufen verlagerte sich zum nächsten Schauplatz.

Karl hörte das Wimmern, noch bevor er hinter Mabler die Kabine betreten hatte.

Pios war so gut gefesselt wie Bill, doch er kämpfte dagegen an, drehte und bog sich, und nur die zwei dabeistehenden Männer verhinderten, dass er vom Bett fiel. Einer war Albin, der Platz machte, als Mabler zu ihm kam.

Eine Flut verschwommener Flüche und Klagen entströmte dem stark geröteten und übertränten Gesicht Pios'. Er schien die Veränderung seiner Umgebung wahrzunehmen, doch er schenkte dem über ihm stehenden Mabler nur eine kurze Pause und einen entgeisterten Blick, um sogleich mit seinem entnervenden Gewimmer und dem rhythmischen Hin- und Herwerfen des Kopfes fortzufahren.

Ein altbewährtes Mittel, das auch Karl kannte: Ohrfeigen. Dennoch erschreckten ihn die peitschenden Klänge, die die Luft geradezu zersprengten. Und plötzlich: Stille.

Dann: „Pios! Du weißt, wer ich bin!"

Ein schwaches Nicken.

„Was hast du gesehen, Pios? Erzähle uns davon. Du kannst dir Zeit lassen. Es bleibt alles, wie es ist. Nichts verändert sich. Du kannst uns alles sagen, was du willst. Wenn du Angst hast, werden wir dir helfen. Wir bleiben bei dir."

Eine merkwürdige Taktik, fand Karl. Aber Pios ging darauf ein.

„Ja. Ja, Mabler. Das ist gut. Ich fühle mich elend. Es war grauenhaft, weißt du? Ich habe gelitten, grauenhaft, grauenhaft!" Die Gefahr eines Rückfalls war nicht ganz gebannt.

„Das glaube ich dir, Pios", sagte Mabler sofort. „Es war bestimmt nicht schön. Keiner will mit dir tauschen, das darfst du mir glauben. Aber wir möchten, dass du uns erzählst, was du gesehen hast. Wenn du willst."
Wieder ein schwaches Nicken. Pios' Mund bebte.
„Bill. Bill kommt oft und will mit Toto tratschen. Wir müssen immer darauf gefasst sein. Toto geht das besonders auf die Nerven, er ist ja der Leidtragende. Von mir will Bill nichts wissen. Aber er redet nur dummes Zeug und immer dasselbe. Er starrt nur auf Toto und tratscht irgendwas. Ein Idiot, dieser Bill, ein kompletter Idiot. Und gerade... und..."
„Ja, Pios. Nur sachte. Langsam. Bill ist schon wieder weg. Ist alles in Ordnung. Erzähle ruhig weiter. Das hilft dir."
„Ja, ja, natürlich... dieser Idiot. Du kennst ihn doch, Mabler. Er tut großartig, lärmt herum, kreuzt überall und immer auf, wo und wann man ihn nicht braucht. Und dann glaubt er, man will was vor ihm verstecken, baut sich auf und versucht einzuschüchtern. Einfach widerlich. Zum Kotzen. Einfach zum Kotzen, dieser Kerl, findest du nicht auch? Ich meine, ich bin doch nicht der einzige, der das so sieht, oder?"
„Du sprichst aus, was wir alle denken, Pios."
„Das Schlimme ist doch, dass dieser Klotz seine körperliche Präsenz missbraucht, um hier, in unserer besseren Welt, Unfrieden zu stiften, verstehst du? Er passt überhaupt nicht hierher. Er... er..."
Mabler tätschelte Pios' Wange und murmelte etwas. Dann tastete er sich wieder heran: „Kommt Bill wirklich so oft zu euch?"
„Hast du eine Ahnung, Mabler! Manchmal glaube ich, er hält Toto für seinen Zwillingsbruder. Aber andererseits - dieses Misstrauen im Gesicht, und wie er dann mit dem Oberkörper wippt... wie ein Geistesgestörter. Wir müssen endlich etwas gegen ihn unternehmen, oder was meinst du, Mabler? Es langt doch wirklich, oder?"
„Das stimmt, Pios. Aber wir brauchen einen Grund. Einen konkreten Anlass."
Nicht ungeschickt, dachte Karl, den der offene Hass von Pios auf Bill erstaunte. Das, was Mabler hier unternahm, war ein Drahtseilakt.

„Einen Grund? Anlass? Ist das nicht alles schlimm genug? Ist denn... hat denn..." Seine Stimme kippte ins Weinerliche, die Lippen flatterten fast. Mabler runzelte die Stirn.

„Tootooo!!!"

Ein sich überschlagender, qualvoller Schrei. Ein heiseres Keuchen. Und dann begann er wieder zu jammern und den Kopf zu rollen.

Mabler richtete sich auf und wandte sich seufzend an Karl. „Pech. Ich habe es nicht geschafft. Ein weiterer Versuch ist jetzt nicht sinnvoll. Aber ich glaube, wir können uns zusammenreimen, was passiert ist - oder, Albin?"

Der Angesprochene blinzelte und kam näher.

„Sicher. Bill hat Toto erwürgt. Kann man ja sehen. Und Pios... naja, du weißt ja wahrscheinlich auch, wie das mit ihm und Toto war. Also, wenn..."

„Und warum hat Bill Toto erwürgt?"

Albin ließ zwei oder drei flache Atemzüge über die Frage vergehen. „Keine Ahnung, Mabler. Wirklich nicht."

Karl glaubte ihm. Er hatte wohl nur gezögert, weil er sich unter Druck gesetzt sah. Nichts weiter.

„Und Rob?"

„Der ist genau so schlau wie ich. Wir können keine Gedanken lesen, Mabler."

„Schon gut. Du weißt, warum ich frage. Es ist nicht nur wegen Toto oder wegen Pios."

Karl bekam das unangenehme Gefühl, dass die Neugier der um sie versammelten Männer allmählich in Unruhe überging. Er drehte sich um. Alle die, die er sah, standen still und warteten ab. Mabler schien ähnlich zu empfinden, denn auch er bewegte sich und musterte die lauernden Gesichter. Dann ergriff er die Initiative.

„Hört her. Das hier", er machte eine einfache Geste, „kann Zufall gewesen sein. Es kann auch eine Warnung gewesen sein. Bill ist außer Gefecht. Um zu verhindern, dass nochmal so etwas passiert, sollten wir uns alle zur Ruhe zwingen. Etwas verändert sich. Wir merken es alle. Schon beim Mittagessen war es zu spüren."

Einige nickten.

„Was es genau ist, werden wir herausfinden. Das geht aber nur, wenn wir vernünftig bleiben."

„Eine Frage, Mabler." Eine Stimme vom Gang her. „Was glaubst du, warum Bill ihn umgebracht hat?"

Mabler zögerte nicht lange. Er wusste, was von ihm erwartet wurde. „Das will ich euch sagen. Ich vermute, dass Bill und Toto sich früher gekannt haben. Es kann keine allzu freundschaftliche Bekanntschaft gewesen sein. Hier hatten sie es aber vergessen. Toto gründlicher als Bill. Bill muss ein erhebliches emotionales Potential wegen dieser früheren Bekanntschaft gespeichert haben, sonst hätte er Toto nicht so oft besucht, unabhängig von den offenbar nicht sehr tief schürfenden Gesprächen. Spätestens heute Mittag hat sich der exogene, ich meine... hat sich der von außen verursachte Vergessenszwang gelockert. Die Erinnerungen konnten so zumindest teilweise durchbrechen. Bill wurde davon überrascht, er handelte im Affekt. Höchstwahrscheinlich hatte er irgendeine Rechnung mit Toto zu begleichen. Um was es ging, wissen wir nicht, aber den plötzlich losbrechenden emotionalen Schub konnte Bill nicht kontrollieren. Das ist meine Annahme."

Schweigen. Vereinzeltes Kopfnicken.

„Mein Vorschlag ist einfach", fuhr er fort. „Trotz aller Risiken, die wir dabei eingehen, sollten wir jetzt möglichst zusammen bleiben. Und wir sollten miteinander reden. Damit können wir das Abbröckeln der Erinerungsbarriere und eventuelle Gefühlsausbrüche besser auffangen, als wenn wir einzeln in unseren Kämmerchen hocken."

„Er hat Recht", rief Karl, der ahnte, dass es jetzt darauf ankam, Mabler zu unterstützen. „Wir versammeln uns am besten im Speiseraum. Wenn bei einem die Sicherungen durchbrennen, können die anderen gleich eingreifen. Wir müssen daran denken, dass wir alle im gleichen Boot sitzen."

„Boot ist gut, Mann!" Etwas Fatalismus in der Stimme. Nichts Böses. Einige lachten kurz auf.

„Also gut, okay", stimmte ein anderer zu. Der Propfen am Eingang lockerte sich. Die Männer machten sich auf zum Speiseraum.

„Was ist mit Pios?" fragte Albin.

„Wir lassen ihn vorerst hier liegen. Erst einmal müssen wir die allgemeine Krise in den Griff kriegen."

Sie gingen hinaus. Auf dem Gang waren ein paar Männer stehen geblieben. Einer von ihnen kam unvermittelt auf Karl zu, fasste ihn grob am Brustteil des Overalls und sprühte ihm ins Gesicht: „Was ist überhaupt mit dir, heh? Du bist doch der Neue - und mit dir ist plötzlich alles losgegangen, wenn ich mich nicht irre..."

Der Zugriff seiner Linken wurde stärker, die Rechte löste sich. Karl stand wie verwurzelt, gedankenlos.

„... könnte doch sein, dass du hier ein bisschen Unruhe reinbringen wolltest, oder? Ließe sich doch herausfinden, wenn man dich ausschalten würde - was meinst du?"

Etwas war. Ein kurzer Lufthauch. In unsäglicher Angst versuchte Karl, sich zu ducken. Er duckte sich tatsächlich, unbehindert, und erst da merkte er, dass er nicht mehr gehalten wurde, dass ein Geräusch gewesen war, nein, eine Folge von miteinander verbundenen Geräuschen. Links vor ihm fiel etwas zu Boden. Dann wurde er von hinten gefasst und zurückgezogen.

Verwirrt sah er sich um: Mabler, ernst, besorgt und doch erleichtert. Dann sah er hin, vor sich: ein aufrechter Körper über einem regungslos daliegenden Körper.

„Hab ihn an der Schläfe getroffen. Bisschen Glück dabei. War ziemlich knapp." Es war Kosta.

Als ob ich es gewusst hätte, dachte Karl, der Dankbarkeit empfand, aber gerade nicht formulieren konnte. Statt dessen griff er nach Kostas Hand. Nur eine kurze Berührung.

„Ich habe befürchtet, dass so etwas kommen würde", sagte Mabler. „Du bist gefährdet, Karl. Womöglich verfallen noch andere auf die Idee, dich mit alldem in ursächliche Verbindung zu bringen. Du solltest also besser nicht mitgehen."

Karl hatte sich von dem Schreck noch nicht erholt. Mit den Augen suchte er Pit und Frankie, fand sie aber nicht.

„Du bleibst hier, und ich bleibe auch hier", sagte Kosta. „Dann können wir auf Pios und Bill achten."

Mabler trug Albin und zwei anderen auf, den Niedergeschlagenen unter die Dusche zu stellen, ihm die Unsinnigkeit solcher Aktionen klarzumachen und ihn dann zum Speisesaal zu geleiten, achtsam und ohne Eile.

Sie schleppten ihn weg. Auch Mabler ging. Karl und Kosta blieben allein zurück.

Die Gefahr war scheinbar aus heiterem Himmel aufgetaucht und wieder verschwunden. Doch im Licht einiger nun erkennbarer, wenn auch noch nicht erklärbarer Zusammenhänge war sie weder dies noch das. Sie bestand noch immer, und sie hatte vorher schon bestanden. Karl empfand es wie Hohn, dass er trotz aller Anstrengungen nichts dagegen tun konnte. Außer warten.

Sie zwängten sich durch den Eingang zum Speisesaal: palavernde Gruppen, miteinander flüsternde Paare, düster oder verträumt dreinschauende Einzelne. Mabler sah sie sich an. Ihre schmucklosen Uniformen konnten nun nicht mehr darüber hinwegtäuschen, dass es sich um eine recht heterogene Menge handelte.
Ich habe einen Fehler gemacht, dachte er. Man sollte sie in Bewegung halten, statt sie hier zu versammeln. Aus den Pärchen konnten Absprachen, aus den Gruppen Cliquenbildungen, aus den Einzelnen rebellische Impulse resultieren. Er hatte sich durch seinen Auftritt zu sehr in den Vordergrund gedrängt. Das könnte zur Katastrophe führen, wenn man nun - da Karl nicht anwesend war - in ihm den Sündenbock sehen würde. Er hatte mit derartigen Situationen keine Erfahrung. Die anderen zwar auch nicht, aber das reichte zur Beruhigung kaum aus.
Die meisten hatten Platz genommen, so wie immer. Einige hatten sich an den Wänden aufgestellt, vor allem in der Nähe der Theken. Andere waren bei ihm stehen geblieben. Darunter auch die beiden aus Karls Gruppe, Pit und Frankie.
„Was machen wir jetzt?" fragte er sie offen.
Frankie stülpte die Lippen vor und stierte vor sich hin. Pit sagte: „Irgendwie beschäftigen. Eine Diskussion wäre gut, falls man sie steuern könnte. Aber ich hab da meine Zweifel. In den Jungs rumort es."
Mabler nickte. Das war auch seine Einschätzung.
„Wir werden trotzdem nicht darum herum können", schaltete sich Frankie ein, nachdem er sich einen Ruck gegeben hatte. „Besser eine heftige Diskussion als ein verrückt gewordener Mob. Vielleicht ist es auch nur halb so schlimm. Warten wir's ab. Mich wundert nur, dass es so viele sind."

Es stimmte: Der Saal war voll. Natürlich hatten sich unterwegs viele angeschlossen, an deren Kabinen der Marsch vorbei gegangen war. Mabler vermutete, dass irgendwie auch Gruppen aus anderen Gangregionen von den Ereignissen Wind bekommen oder auf bloßen Verdacht hin den Entschluss gefasst hatten, hierher zu kommen.

Die Anzahl der Blicke, die ihn trafen, mehrte sich.

Augen, die ihn ansahen, etwas von ihm verlangten, forderten! Überempfindliche Interpretation meinerseits, versuchte er sich zu beruhigen, aber dennoch wurde ihm seltsam zumute. Selbst wenn er über alle hinwegsah, so schien noch die fern gegenüber liegende Wand in das kollektive, unformulierte Anliegen einzustimmen, sonderbar vibrierend, und auch die Leuchtbalken an der Decke taten das, die Trapeze der Seitenwände, die Ellipsen der Tischplatten, die Freiräume und die Nuancen, wo weiche Glieder und streng geometrische Teile unmarkante Verbindungen eingingen, weitab jeder verdienten Aufmerksamkeit. Der Saal pulsierte. Strömung und Strudel. Das Mahlwerk des Ausgeliefertseins.

Die Gegenwart der Gesichter verschmolz zu einer hingeworfenen Perlenkette. Abgerundete Larven. Aufgereiht. Auch im Wunsch nach Verweigerung des Anblicks und unter den Farbenbällen des eingebildeten Zurückgezogenseins tanzte diese Riege beiger Knöpfe, von denen sich einer zerteilte, um Konsonanten und Vokale fortzulassen, die unbestimmt schienen, aber den Kern des Dunkels zum Ziel hatten. Augen auf: Sie werden verurteilt... haben... eindeutig... geschlossen... - aber darin war noch etwas anderes, ebenfalls voller fragender, fordernder Angesichte, eine erloschene Szenerie, verfestigt in dem auf ein Augenpaar und einen Geistesinhalt geschrumpften Publikum. Und auch dort waren Uniformen, andere Uniformen, differenziert, nicht so viele, aber ihre Nähe drängender, ihr Anliegen mächtiger. Ja, die konzentrierten Worte, die Gegenwart und Vergangenheit zu einem festen Zopf flochten: Ich sage euch, ich habe ihn nicht getötet! Es war eine unvorhersehbare allergische Reaktion! Und außerdem war er nahe am Wahnsinn... nahe am...

Das war mit einem Mal alles da. Diese Meute bleicher, billiger Büsten, die sich zu einem Gericht anhäuften. Ja, das Gericht!

Diese erstaunliche Inszenierung, wo allein das Bühnenbild zu regieren schien. Die Komparsen - der Pilot: Er hat... er hat... Natürlich! Ich habe immer gesagt, dass ich habe, aber nicht, dass... Der Assistenzastronom: Er hat. Der Bordsystemeingenieur: Er hat. Diese Marionetten. Und da ist die Musik, in der alles vorherzusehen war, das war leicht, zwischen dem Augenblick, der in sich kaum Platz für einen Menschen hatte, und dem Tribunal der unbeteiligten Gewissen. Die Spanne Freiheit. Die Musik. Sie, sie... und die Kinder! Ich... die Namen!
Ihre Blicke bündelten sich mehr und mehr.
Ich habe falsch reagiert. Jeder muss mir eine Schuld abgelesen haben, die es nicht gab. Aber... Adelheid! Meine Tochter! Die Musik - eine der Sinfonien, die ich bei ihr gehört hatte, und danach trieb mich etwas, sie wieder zu hören. Ein Fluchtgedanke? Ja, durch die Erinnerung eine Schlaufe zu ziehen, einen Knoten zu knüpfen und den Moment des Unheils zu erdrosseln. Die Ohnmacht, die süße Stofflosigkeit der erlebten Kunst. Und sie... Adelheid! Ja, auch sie heißt so, beide heißen sie so... Ich liebe euch! Ihr wusstet nichts, ihr wisst wohl immer noch nichts - und du... Constantin! Mein Kleiner! Jetzt habe ich euch alle! Sie haben mir einen schlechten Prozess gemacht, müsst ihr wissen. Beeinflusste Zeugen, ein vorgefertigtes Urteil. Das war leicht. Ich wusste es schon, als ich die Instrumente ablas. Was kommen würde. Der Koordinator hatte selbst Schuld. Seine Allergie war nicht vermerkt. Wie sollte ich... Aber alle wussten, dass er mich hasste. Es hatte mir nie viel ausgemacht. Aber das konnten sie wiederum nicht wissen. Mit dem Augenblick der Injektion stand schon alles fest. Es war ein politisches Urteil, müsst ihr wissen. Man brachte mich mit den Unruhen in der Stadt zusammen. Lachhaft! Ich war über ein Jahr im Raum gewesen. Aber es ging um den Koordinator. Ein aufdringlich lachender Primitivling, der mehr erkauften Stolz auf den Schultern trug, als er verkraften konnte. Eine Beleidigung für das Schiff. Aber ich hätte ihn nie...
Hört ihr mich?
Sie starrten ihn alle an.
Adelheid. Adelheid. Constantin. Ihr seid so plötzlich da. Hört ihr die Musik? Sie weiß, dass es da keine Schuld gibt, gar nicht geben kann. Sie zeugt für mich. Aber keiner hört. Sie sprechen uni-

sono: Er hat! Ich öffne den Mund, die Pforte des Unbefleckten, und versuche zu sprechen. Hört ihr? Ich versuche es. Sprache verdient das Wort nur, wenn sie aufgenommen wird. Das ist nicht der Fall. Ich muss stumm bleiben. Das Urteil? Ich kenne es nicht. Und ich habe Toto nicht... nein, wie hieß er? Ich habe den Namen vergessen. Aber eure Namen habe ich nicht vergessen. Ihr seht, dass ich schuldlos bin, nicht? Ihr seht es doch, wenigstens ihr... Seine Allergie war nicht vermerkt. Nachprüfbar. Ein schmaler Charakter mit anfechtbarer Gesundheit, durch Korruption zu einem Kommando gelangt, das ihn überforderte. Was soll ich mehr sagen... Adelheid - versage dich strahlenden Gesichtern. Constantin - liebe das, was du lernst, nein, lerne das, was du liebst. Und du, du pass bitte auf, dass die zwei... dass sie... oh, die Musik... die Gesichter... hört ihr sie? Ich habe ihn nicht. Niemals. Nie. Es ist Unrecht! Unrecht!!
Sie sahen ihn wanken.
Er hatte offenbar versucht, einen Schritt nach vorne zu tun, hatte dann innegehalten, wie eine Puppe inmitten einer zaghaften Bewegung. Dann hatte er das Gleichgewicht verloren, war aber nicht einfach umgefallen, sondern in sich zusammen gesunken und langsam zur Seite gekippt.
Er hatte kein Wort gesagt.

Pit nahm die Bewegung nur aus dem Augenwinkel wahr. Irgendwas hatte ihn abgelenkt. Als er jetzt hinsah, wusste er überhaupt nicht, was er davon halten sollte. Nur ein kaltes Brennen, wie von der transparenten Schleppe einer Riesenqualle verursacht, strich ihm über den Rücken.
Keine drei Meter von ihm entfernt lag Mablers regloser Körper, Arme und Beine angezogen wie bei einem Embryo.
Sofort war es laut im Saal. Erstauntes Rufen, Fragen, hastige Erklärungsversuche und die Aufprallgeräusche ein paar umgeworfener Stühle vermengten sich.
„Da haben wir die Bescherung", hörte er Frankie zischen, der an ihm vorbei zu den Männern ging, die sich am schnellsten von ihren Stühlen erhoben hatten und schon bei Mabler knieten. Einer packte die Schultern und rüttelte.

„Vorsicht, Mensch!" brüllte jemand aus der schnell gebildeten zweiten Reihe, im Ton zwischen Sorge, Empörung und Panik.

Pit versuchte näher heranzukommen, aber der Ring war schon zu dicht. Ernste Gesichter, in denen Muskeln zuckten, Augen und Münder zusammengekniffen oder aufgerissen waren, Stirnen und Nasen sich mit Schweißtröpfchen überzogen. Er spürte, wie ihm die Wangen brannten. Es wurde immer lauter und enger um ihn herum.

Jemand schrie: „Er ist tot!"

Ein anderer: „Schwachkopf! Er ist bloß ohnmächtig."

Aus Mablers unmittelbarer Nähe kam die Feststellung: „Er lebt. Sein Puls geht noch."

Pit hörte es mit Erleichterung. Doch seine Unruhe blieb. Der Boden bebte, die Luft zitterte. Er pustete ein paarmal, dann fragte er laut: „Ist denn hier keiner, der sich auch erinnert, Arzt gewesen zu sein?" Die Formulierung kam ihm im selben Moment skurril und albern vor. Aber die Frage wurde weitergegeben. Eine positive Antwort gab es nicht.

„Wir schaffen es auch so. Der Bursche kommt bald wieder zu sich. Das schwör ich!" Einer von denen, die direkt bei Mabler waren. Eine entschiedene Stimme. Pit schöpfte Hoffnung.

„Legt ihn unter die Dusche."

Am Eingang: vier Gestalten. Eine davon tropfnass. Wie lange standen sie schon da? Jedenfalls hatten sie die Situation erfasst. Der Mann, der Karl an den Kragen gegangen war, wirkte ernüchtert und einigermaßen befriedet. Er stand frei. Hatte er das gesagt?

„Kann nicht schaden."

„Warum nicht."

Vor Pit entstand Bewegung. Fünf oder sechs Männer hoben den schlaffen Leib und brachten ihn hinaus.

Ausgerechnet er! Verdammt! Der einzige Besonnene hier, der uns vielleicht hätte helfen können. Er hat Fragen gestellt. Und ich? Hervorragende Eigenschaft des Wissenschaftlers ist es, Fragen zu stellen, die auf eine Klärung ungewisser Umstände hinzielen... aber natürlich! Die Fragen, die Flugblattaktion! Der mutige Schritt der unterzeichneten Lehrstuhlinhaber. Lehrstuhl... also müsste ich... muss ich doch... - Welche stichhaltigen Be-

gründungen hat das Ministerium... die getroffenen und bislang unerklärten Maßnahmen: Verbot des Symposions... ersatzlose Streichung von... Institute, ausschließlich im Bereich der Sozialwissenschaften... Vorlesungsverbot... Verhaftung des Kollegen Arkan, unmittelbar nach Veröffentlichung seiner... Arkan. Ja, ich kenne ihn. Brillant, scharfzüngig, mutig. Die Antworten konnte man bei ihm nachlesen. Jeder war im Bilde. Provokation. Ja. Hätte man kuschen sollen, die ministerielle Willkür einfach wegstecken? Schließt alle Fakultäten, am besten gleich alle Hochschulen! Macht das, wenn ihr euch was davon versprecht. Ehrlich sein. Das alte Thema Macht und Geist. Gebräu aus Unterwerfung, Kollaboration, Indifferenz, Naivität und Konfrontation. Hier zuviel, da zuwenig. Je nach Blickpunkt. Wer dient wem, die ideelle der materiellen Doktrin? Die komplexe Wahrheit dem schlichten Pragmatismus? Umgekehrt? Ich habe doch auch... Merlinger, mein Doktorvater! Muss auch unter den Namen sein. Muss. Nur ein Büchlein, aber oho! Idealstaatsgedanke kontra Subjektivismus, gefährlich. Natürlich: Merlinger - war auch mit Arkan befreundet. Die Dioskuren der akademischen Opposition. Hab ich das jetzt erfunden? Das kommt alles erst jetzt. Aber noch nicht genug, bin noch nicht so weit wie Mabler, könnte mich nicht hinstellen und... aber andererseits, ich war doch dabei, damals...
„Was ist los, Pit?"
Das Knäuel hatte sich aufgelöst. Ein gemäßigtes Durcheinander blieb: Viele saßen wieder oder noch an ihren Tischen, einige standen herum, diskutierend, kopfschüttelnd, andere am Saaleingang, offenbar unschlüssig, ob sie der Wiedererweckung Mablers beiwohnen sollten oder zu ihrer Gruppe zurückkehren. Frankie stand bei ihm.
„Mir kommen die Erinnerungen, Frankie. Jetzt begreife ich, was Mabler meinte und was er vorhatte. Er muss schon immer klarer im Kopf gewesen sein als wir."
„Von wegen Experiment, was?" Frankie grinste ihn an.
„Naja. Nüchtern gesehen könnte es..." Er stockte. Das graue, faltige Gesicht und der unordentliche Haarschopf, die leichte Kopfneigung, das schelmische Grinsen, der Tonfall... „Du kommst mir bekannt vor, Frankie!"
„Ist nicht möglich."

„Das ist kein Witz. Ich meine, von früher."

Frankies Grinsen verlor sich. „Da bist du mir voraus. Ich bin mir noch immer nicht bekannt. Von früher, meine ich."

„Wirklich nicht? Du erinnerst dich nicht? Ich schwöre drauf: Du bist Adam... Adam Nochwas. Der Schauspieler. Du hast den schüchternen Detektiv gespielt, diesen MacIntosh oder so ähnlich. Hach, klar! Genau der bist du!"

„Detektiv? Wie absurd."

Von einem der entfernteren Tische schallte eine lautstarke Auseinandersetzung herüber. Frankie sah über die Schulter zurück, und auch Pit wurde vorübergehend abgelenkt. An vielen Tischen wurde inzwischen lebhaft debattiert. Händeleien waren jedoch noch nicht zu beobachten.

„Merkst du was?" fragte Frankie. „Es zerfällt. Mabler hatte die richtige Idee, den Haufen zusammen zu halten. Ist leider schon im Ansatz gescheitert. Jetzt kann jede Sekunde der große Krach losgehen, und keiner ist hier, der das verhindert. Er muss unbedingt wieder zu sich kommen, wir sollten auf ihn achten, wer weiß, was die gerade mit ihm anstellen, vielleicht sind ein paar dabei, die gar kein Interesse haben... wir müssen sofort hin!" Er wartete gar nicht erst auf Pits Einverständnis, sondern rannte los, ohne sich umzuschauen.

Übersteigertes Misstrauen, vermutete Pit, dem es nicht einfiel hinterher zu laufen. Man muss sie nur dazu bringen, sich mit sich selbst zu beschäftigen. Viel mehr hätte Mabler auch nicht tun können.

Er sah sich erneut um. Kaffeegesellschaft, ein bisschen laut, ein bisschen unruhig, ohne Kaffee. Und nur Männer. Komisch, ist mir bisher noch nie aufgefallen. Ja, geschlossene Männergesellschaft. Das heißt doch eigentlich, dass es irgendwo auch Frauen... aber wo? Nur noch Fragen. Was ist verlässlicher: der Sinn oder der Verstand? Wie ist das mit meiner Erinnerung, woher kommen die Bilder? Sind sie echt? Wenn nicht - dann bin ich es auch nicht, dann bleibt nichts übrig. Nur eine zuckende, haltlose und hohle Gegenwart. Unerträgliche Vorstellung. Es muss was dahinter stecken, irgendwo...

Er sah Rob allein an einem Tisch, ging hin und setzte sich zu ihm. „Na?"

Rob reagierte nicht gleich, schaute noch eine Weile suchend herum. Dann sagte er: „Schätze, das Abendessen müsste bald soweit sein."

„Das kann noch dauern, Rob. Vielleicht kommt gar keins."

„Ich wünschte, wir bekämen endlich mal Engelsflügel vorgesetzt. Zartes, lindgrünes Engelsflügelfleisch. In weißer Leinensoße. Nein, die Erhabenheit passt da nicht mehr, es müsste eine schwarze Soße sein, Satanssoße. Und das Gemüse: Missionarsbohnen. Oder Pfaffenerbsen. Irgendwas Pfäffisches." Rob lächelte erwartungsfroh.

„Ich fürchte, ich verstehe dich nicht ganz, Rob."

„Er würde sich grün ärgern, passend zu den kleinen, gut gewürzten Flügelchen. Ewiges Engelsgeschwätz! Das wär's dann damit. Selbst essen könnte er's nicht, aber er müsste zugucken, wie wir uns mit Heißhunger darüber hermachen, haha." Ein verhaltenes, schadenfrohes Lachen. Sofort wurde er wieder ernst. „Albin ist zu großmütig. Will nicht zulassen, dass wir ihm eine Lektion erteilen. Aber wir werden's trotzdem tun. Kann sich kaum einer vorstellen, wie uns das Gerede über Himmel, Engel, Glück und Frieden auf den Wecker geht. Damit muss Schluss sein. Tja, so ein Glück-und-Frieden-Menü wär kein schlechter Gag, aber da müsste man..."

Pit verstand ihn kaum noch. Der Geräuschpegel im Saal war merklich angestiegen. Er beugte sich über den Tisch, um ihm zu sagen, dass er sich wegen Pios keine Gedanken mehr machen brauchte. Doch Rob nahm ihn nicht wahr, sondern zeigte in Richtung der einen Ecke.

„Aha. Der Bill macht was. Der ist ein Mann der Tat, der hätte nicht so lange gefackelt wie Albin..."

Es war nicht Bill, der mit ein paar anderen einen Tisch in die Ecke geschoben hatte, draufgeklettert war und sich nun mit hochgereckten Armen an dem schwarzen Kästchen zu schaffen machte. Unter lauten Ratschlägen und Anleitungen von unten bemühte sich der Mann, den kantigen Gegenstand aus dem Deckenwinkel zu reißen. Von anderswoher kamen Rufe, dass er damit aufhören solle.

Erneut kam Bewegung in den Speisesaal. Nur wenige blieben an ihren Tischen sitzen. Die meisten beeilten sich, zum Ort des Geschehens zu kommen, um die Zerstörungsaktion zu unterbinden oder dabei behilflich zu sein.

Das Handgemenge war schon in vollem Gang. Wenigstens drei Männer standen und rangelten auf dem Tisch. Pit konnte kaum unterscheiden, wer von ihnen am Kasten zog und wer den oder die anderen dabei behinderte. Nebenbei hörte er, wie Rob den Mann, den er für Bill hielt, grölend anfeuerte.

Zwei Männer kämpften darum, ebenfalls auf die Tischplatte zu gelangen. An der anderen Seite hatte es sich eine Gruppe in den Kopf gesetzt, mit vereinten Kräften das Ensemble umzukippen. Doch bevor der Tumult noch weiter eskalieren konnte, gab der schwarze Kasten nach und brach ab.

Das Licht ging aus.

Was für ein Tag!

Heute ist wirklich was los, stimmt.

Wir sind abgetrennt. Ich fass es nicht, ich fass es ehrlich nicht, ich habe keine Erklärung.

Sie wollen uns fertigmachen.

Wer sie?

Na, die uns hier eingepackt haben. Unsere Feinde.

Ich habe keine Feinde. Mein ganzes Leben lang war ich immer stolz darauf, keine Feinde zu haben.

Unsinn! Willst du uns weißmachen, dass sie dich hier eingesperrt haben, weil du Menschenfreund bist?

Wenn man doch nur ein bisschen sehen könnte.

Hört auf damit. Wenn wir uns weiter von Aggressionen treiben lassen, geraten wir nur noch tiefer in den Schlamassel. Es hat keinen Zweck, sich gegenseitig Gedächtnislücken vorzuwerfen.

Stimmt schon. Wir sind zwar klarer als gestern, aber viel mehr wissen wir auch nicht. Ich befürchte, man hat uns allen eine gründliche Gehirnwäsche verabreicht.

Und? Was jetzt?

Tja. Nachdenken.

Das führt zu nichts. Wir haben keine Zeit mehr, wir haben die Kamera demoliert, wir sind aufgefallen. Sie werden kommen und aufräumen, jeden Augenblick werden sie hier aufkreuzen und uns wieder auf Vordermann bringen. Wir haben keine Chance.

Er hat Angst. Macht sich in die Hose.

Bist du blind? Glaubst du denn, das ist unbemerkt geblieben, was hier passiert ist?

Woher willst du das wissen?

Wir haben alle keine vierundzwanzig Stunden mehr zu leben, und ihr versucht euch in dussligen...

Reg dich ab. Was auch immer passiert ist oder noch passieren wird - wir haben jetzt den Vorteil, einigermaßen klar denken zu können. Und diesen Vorteil müssen wir nutzen.

Vorteil nennt er das. Wir wissen jetzt, dass wir ins Gras beißen werden, schneller als uns lieb ist. Schöner Vorteil.

Und die Alternative?

Es gibt keine. Wir sind mit einer Situation konfrontiert, in der wir aus dem Nichts heraus etwas entscheiden sollen, für das wir keinen Anhaltspunkt haben.

Richtig. Die Frage ist, wie und was entscheiden wir.

Nein. Die Frage geht nicht dahin, wie das Nichts beschaffen ist, sondern ob es das Nichts überhaupt gibt.

Was soll denn das heißen?

Habt ihr immer noch nicht...

Er hat Recht. Es ist gar nicht gesagt, dass wir überhaupt nichts wissen. Ich habe inzwischen den Eindruck, mich durchaus an einiges erinnern zu können.

Hört, hört.

Ja. Nicht vollständig, aber immerhin. Ich erinnere mich zum Beispiel, wie ich in der Redaktion sitze und einen Artikel schreibe.

Einen Artikel über das Nichts.

Ich weiß nicht, worüber. Aber dein Spott...

Mir kommt es so vor, als befänden sich welche unter uns, die gar kein Interesse daran haben, dass wir weiterkommen.

Damit meinst du mich, oder?

Willst du bestreiten, dass du bislang jeden Versuch, der uns einer möglichen Erklärung näher bringen könnte, sofort im Keim erstickt hast?

Gestatte mir die Gegenfrage: Was verstehst du unter einer möglichen Erklärung? Ist es denkbar, dass du schon eine konkrete Vorstellung davon hast, wie sie aussehen soll? Ist es denkbar, dass deine Version eines Weiterkommens darin besteht, uns so lange in unfruchtbare Diskussionen zu verwickeln, bis alles zu spät ist?

Was willst du damit...

Ist das so unklar?

Er will sagen, dass er dich für einen Saboteur hält.

Wenn man doch nur ein bisschen sehen könnte.

Sie halten sich gegenseitig für Saboteure.

So ein Blödsinn. Wir wissen doch jetzt, dass wir alle im gleichen Maße unter Dauerbetäubung gehalten wurden.

Wenn wir nichts wissen, wissen wir das auch nicht.

Das ist der Punkt. Wir sollten uns erst einmal über unsere Ausgangsbasis Klarheit verschaffen. Wenn wir das nicht tun, werden wir in Vermutungen und Verdächtigungen allmählich ersticken.

Ach, halt den Mund! Wisst ihr denn überhaupt noch, um was es geht? Habt ihr die Monitore in euren Kabinen vergessen? Ausgangsbasis - dass ich nicht lache! Wir sind hier im Weltraum, verdammt nochmal! Eine künstliche Seifenblase mit gelben Ameisen. Umherirrende, quasselnde und ein paar Meter vom Tod entfernte Ameisen.

Ich will sterben. Ich will sterben...

Nein, ich will nicht sterben. Ich habe eine Familie. Eine Frau und Kinder... vier Kinder sind es. Ich sehe sie vor mir...

Schön für dich.

Glaubst du mir nicht?

Doch, ich glaub dir. Aber wem nutzt das jetzt was? Wem nutzt es jetzt, ob man Kinder hat, Artikel geschrieben hat, Zirkusdirektor, Ingenieur oder Präsident ist - oder war, bevor man hier landete?

Was soll's? Was soll der Mist?

Womit wir wieder beim Nichts gelandet wären.

Reißt euch zusammen, Freunde. Wir dürfen nicht aufgeben.

Wer redet denn davon? Wisst ihr, was ich habe? Ich habe einen Steifen!!

Du liebe Zeit!

Einen was hast du?

Ehrlich. Als er von seiner Frau geredet hat, hat's angefangen bei mir. Frau. Das Wort. Lasst euch das Wort auf der Zunge zergehen - und dann fragt euch mal, was das ist: Frau!

Was meinst du damit?

Frauen, meine Güte, ja, ja, Frauen...
Mir dämmert's allmählich. Sie werden ihre Gründe dafür gehabt haben, uns nicht mit Frauen zusammen einzusperren.
Das war ein Fehler. Wäre alles nur halb so schlimm geworden.
Das ist doch total unnatürlich, muss doch schiefgehen. Denkt an Toto und Pios und Bill. Musste doch ins Auge gehen.
Aber warum hab ich nicht vorher nen Steifen gehabt? Warum weiß ich erst jetzt, was man macht, wenn keine Frau da ist?
Wieso? Was macht man denn...
Wenn man doch nur ein bisschen was sehen könnte.
Das muss auch die Psychowirkung gewesen sein. Irgendwie.
He - was machst du denn da...
Hihihi, hmmm...
Lass ihn doch! Mich stört's nicht. Früher oder später musste das ja auch kommen.
Wer weiß, was da noch alles kommt.
Ich weiß es: Weltraumkälte. Noch laufen die Maschinen. Aber irgendwann werden sie aufhören zu arbeiten. Keine Versorgung mehr. Auch die Vorräte werden bald ausgehen. Wir brauchen uns gar nicht vor ihnen zu fürchten, wer immer sie auch sind. Es geht von allein zuende.
Vorräte - pah! Kannst du mir verraten, wie wir da rankommen sollen, wenn die Theken nicht funktionieren? Glaubst du denn, dass es heute etwa noch ein Abendessen gibt? Haben wir je gewusst, wie das geht? Woher das Essen, das Wasser, die Bettwäsche kommt?
Ich habe keine Angst. Alles ist mal vorbei.
Klingt ziemlich fatalistisch.
Du hättest schon tausendmal sterben können. Über jedem Punkt deines Lebens ballen sich unendlich viele Todesmöglichkeiten. Und wer sagt dir, dass das Leben so gut und der Tod so schlecht ist? Angst hat man vor dem Unbekannten, aber viel zu oft ist das Bekannte viel schrecklicher. Wir sind auf der verkehrten Seite der Zeit.
Glaubst du an Wiedergeburt?
Ja.

Nee, ich glaube an nichts. Glaube versaut einem alle anderen Möglichkeiten. Ich halte mir alles offen. Noch lebe ich. Ist gut. Morgen vielleicht nicht mehr. Ist auch gut.

Wenn der bloß mit seinem Gemache aufhören würde, ist ja zum Verrücktwerden, das...

Achte einfach nicht darauf.

Hilf ihm doch dabei. Oder mach's selber.

Willst du Streit?

Oho!

Was für eine nichtsnutzige, mickrige, dumme Bande ihr seid! Ich brauche kein Prophet zu sein, um voraussagen zu können, dass wir weder auf Feinde noch auf Weltraumkälte warten müssen - wir werden uns selber abmurksen!

Du wirst vielleicht der erste sein, der abgemurkst wird.

So hab ich mir das gedacht.

Wenn man doch nur irgendwas sehen könnte.

He, vielleicht ist das überhaupt der Grund! Vielleicht sind wir alle Kriminelle, Gewalttäter, Mörder. Man hat es nur aus unseren Gedächtnissen gelöscht, aber allmählich kommt es wieder...

Nein, unmöglich! Ich bin Familienvater!

Ich glaub's auch nicht. Bill vielleicht, aber...

Das war ein Unfall. Er stand unter Schock.

Keiner weiß, was da ablief. Lass gut sein.

Keiner weiß überhaupt irgendwas.

Wir sind in einem Organismus, der vorübergehend innehält.

Unser Philosoph nun wieder!

Der Organismus hat gerade gefurzt.

Wir sind ahnungslos. Die Ablaufebenen sind durcheinander geraten. Unsere Ebene ist beschleunigt worden, daher erscheint alles andere wie versteinert. Versteinerte Gefäße und Organe. Es kann im nächsten Augenblick umkippen. Dann werden wir, als kleine Klümpchen, in großen Adern weiterbewegt, fortgespült.

Klingt hübsch, Eddie.

Organische Duschen und Toiletten. Bazillen in gelben Klamotten. Schwärmende Köpfe auf Bazillenhälsen. Deine Einbildung ist erbärmlich, Eddie.

Mag sein. Aber da wir nichts Bestimmtes wissen, können wir jede Menge Vermutungen anstellen, oder nicht? Haben wir je nach-

147

gewiesen, dass Mikro-Organismen kein Bewusstsein besitzen? Wo ist der Beleg dafür, das ein Vorstellungsvermögen nur in der Ebene, die wir darzustellen glauben, möglich ist? Und was ist, wenn wir diese Ebene vermittels äußerer Kräfte verlassen haben sollten? Sind wir noch wir selbst, oder sind wir nun anders? Wo wäre dann unser Bewusstsein geblieben?

Das ist zwecklos, Eddie.

Wenn man doch nur was sehen könnte.

Er meint das Bezugssystem. Alles ist möglich. Aber an einen großen Plastikorganismus glaube ich nicht. Eher an eine große Ohnmacht. Wir sind eben erst aufgewacht, aber die Ohnmacht hält trotzdem an.

Exakt. Sie haben uns betäubt. Mit Essen und Trinken betäubt und...

Sie! Sie! Ein Scheißdreck! Hier gibt es keine sie - nur uns! Das ist alles, was wir haben. Alles andere ist Ausrede. Was hält uns denn davon ab, ein Loch in diese beschissene Wand zu schlagen?

Du selbst. Die Wände bedeuten nichts. Das ist unsinnige Aufregung, vor allem da du im Augenblick die falsche Wand bearbeiten würdest.

Die falsche? Jede ist die richtige!

Er meint es doch nur symbolisch.

Nix da von wegen symbolisch, ihr...

Aber du hast keine Chance...

Ein Loch schlagen? Womit denn überhaupt?

Die Hände würde er sich aufreißen.

Ihr Hosenscheißer! Ich kann einen Stuhl nehmen, eins von diesen Bullaugen kaputtschlagen und mit den Scherben...

Hör doch auf. Das führt zu gar nichts.

So ein Naivling.

Drang nach Aktion. Ventilfunktion.

Schon wieder unser Schlauberger.

Immerhin scheint festzustehen, dass wir hier raus wollen.

Und wohin?

Wo ist wohin?

Nein: Wo ist hier? Ihr sagt B, ohne A gesagt zu haben.

Ich werd euch sagen, was hier ist. Hier ist eine psychiatrische Anstalt. Und da gibt's kein Rauskommen.
Spinner.
Ganz genau. Wir sind Spinner. Alle.
Erinnert ihr euch, was Pios immer gesagt hat? Das hier ist der perfekte Zustand, hat er gesagt. Die Vollendung. Da gibt es kein Wohin mehr.
Kein Wohin mehr! Das muss wirklich ein Spinner sein, dieser Pios. Kenn ich gar nicht. Meine Mutter hat gesagt, man muss wissen, wer man ist. Denn erst, wenn man weiß, wer man ist, weiß man, was man will. Das Dasein steht vor dem Willen, hat sie gesagt. Ich glaub, ich hab's begriffen.
Verdammte Scheiße! Hört auf, von euren Frauen und Müttern zu faseln! Ich hab nur noch Titten und Schenkel vor Augen...
Mach's doch wie Kilian und hilf dir selbst.
Ich hab gar nichts vor Augen. Ich bin müde.
Jaa, jetzt schlafen...
Wir schlafen schon längst, wir alle.
Sie banden mich an den Pfahl, fliehn kann ich nicht, muss, wie der Bär, der Hatz entgegen kämpfen: Wo ist er, der nicht ward vom Weib geboren? Den fürcht ich, keinen sonst...
Was redet denn der?
Er fantasiert.
Nein, er zitiert. Aber er hat sein Publikum verloren.
Im Grunde sind wir immer verloren. Heute denken wir daran, gestern haben wir nicht daran gedacht, und morgen werden wir es wieder vergessen haben.
Die anderen schlafen schon.
... und keiner trau dem Gaukelspiel der Hölle, die uns mit doppelsinniger Rede äfft, die Wort nur hält dem Ohr mit Glückverheißung und es der Wahrheit bricht! Mit dir kämpf ich nicht...

Als es dunkel wurde, waren Karl und Kosta in der Kabine, wo Bill lag. Die Leiche Totos hatten sie auf den Gang geschleppt. Sie saßen nebeneinander auf dem Bett.
„Es ist etwas passiert", meinte Kosta mit ruhiger Stimme.

Auch Karl blieb ruhig. Er hatte mit irgendetwas gerechnet, so dass der plötzliche Lichtausfall keine allzu große Überraschung für ihn war.

„Ja", sagte er nur.

„Vielleicht unser Glück, dass wir nicht mitgegangen sind", sprach Kosta nach einer kurzen Weile weiter. „Ich dachte mir schon, dass Mabler sie nicht hätte zusammentrommeln sollen. Das war ein Fehler."

Stille. Das Dunkel erschien Karl seltsam durchlichtert, aber er dachte sich, dass es seine Augenreflexe waren, die so den abrupten Wechsel überbrücken wollten. „Wie man's macht, ist es verkehrt", sagte er.

„Ich wollte nicht in seiner Haut stecken. Die Situation hat nach einer Führungsperson geschrien, und er ist da rein gerutscht. Mehr, als man Führer ist, ist man dann Zielscheibe." Kosta hielt den Atem an. Schließlich sagte er noch: „Hoffentlich haben sie ihn nicht umgebracht."

„Ich glaube nicht." Karls Finger befühlten das harte Plastik des Bettrahmens. „Es sind genügend Vernünftige dabei, die das nicht zulassen würden. Wäre ja auch hirnverbrannt." Tja, hirnverbrannt heißt nicht, dass man es nicht doch tut, dachte er und merkte, dass er sich gar nicht so sicher war, Mabler noch einmal wiederzusehen.

„Kennst du ihn näher?" fragte Kosta.

„Kann ich nicht behaupten. Nicht viel besser als die meisten anderen jedenfalls. Aber er ist ungewöhnlich misstrauisch, das habe ich natürlich gleich gemerkt. Nun ja, ich bin ja nicht einmal einen Tag hier." Ein Tag wie eine Ewigkeit, dachte er. Mir fehlt der Maßstab. Wenn ich wüsste, was vorher war, könnte ich vergleichen. Aber so - was ist überhaupt ein Tag?

„Und nun ist es Nacht."

„Ja."

„Was meinst du? Kommen wir hier heraus?"

„Ich habe mich bislang nur gefragt, warum ich hierher gekommen bin. Es gibt Anhaltspunkte, aber die sind dürftig."

„Welche Anhaltspunkte?"

„Ich hatte irgendwas getan, bei dem ich mir die Hand verbrannte. Ein Rekorder spielte dabei eine Rolle. Und eine Abkürzung, vielleicht ein Kode."

„Eine Abkürzung?"

„Ja. Ein großes E, ein großes R. Aber viel weiter bin ich nicht nicht gekommen. Ob mir jetzt noch einer helfen kann, ist zumindest fraglich."

„Stimmt. Jetzt wird noch weniger überlegt als vorher. Jetzt - jetzt fängt das Glauben an."

„Jetzt erst?"

„Glauben ist leichter. Überlegen ist anstrengend. Erst recht in dieser Düsternis. Es ist... Geisterstunde." Und unvermittelt: „Es wird noch mehr Tote geben."

„Aber sie haben doch schon geglaubt. Pit hat geglaubt oder glaubt noch immer, dass wir es mit einem Experiment zu tun haben. Und Pios..."

„Pios, genau! Was er glaubt, kommt mir bekannt vor, altbekannt sogar. Und ich wette drauf: Es wird bald einen neuen Pios geben. Den Pios der Dunkelheit. Oder gleich mehrere von der Sorte."

„Aber das sind Fantasieprodukte. Mit geht es doch um Tatsachen."

„Wie willst du das im Zustand der Verdunkelung unterscheiden? Pass auf - als du von diesem Kürzel sprachst, ist mir eine alte Überlieferung eingefallen: Der Mythos vom Er."

Karl schwieg erstaunt.

„Ein Krieger, scheinbar in der Schlacht gefallen. Es ist eine uralte Geschichte. Kurz bevor seine vermeintliche Leiche dem Feuer übergeben wird, wie es Brauch ist, wacht er auf. Und er beginnt nun, den Versammelten, die vor Schreck wie erstarrt sind, vom Jenseits zu berichten. Vom Daimonion also. Dabei handelt es sich nicht um etwas Endgültiges, sondern um ein Zwischensein, eine Art Schwebe."

Kein Jenseits. Aber Er. Eine Legende. Er spricht vom Daimonion. Auch Pit kennt plötzlich sonderbare Wörter. Sind sie Wissenschaftler? Mabler ist Arzt. Pios vielleicht Pfarrer. Keine dummen Jungen also. Bisher auf Lagerfeuer-Mentalität reduziert. Jetzt kommen sie zu sich... und ich? Was ist mit mir?

„Er erzählt von vier Tunnelöffnungen. Zwei in die Tiefe, zwei in die Höhe. Ein Gericht befindet über die jeweiligen Wege der Gestorbenen. Die Gerechten kommen mit einem Zeichen auf der Brust nach oben, die Ungerechten nach unten, mit einem Zeichen auf dem Rücken. Dann wird es kompliziert. Ich kann mich leider nicht sehr genau erinnern. Er ist mehrere Tage unterwegs, erfährt von den Strafen und Belohnungen für die Toten und kommt an den Ort, wo die Bewegungsvielfalt der Welt durch eine seltsame Mechanik repräsentiert wird: ein System von acht Kreisen um eine zentrale Spindel der Notwendigkeit, ein schwingendes Gewölbe, so heißt es, glaube ich. Jeder Kreis gehört einer Sirene, und alle acht Sirenen verkörpern gemeinsam die Sinfonie der Welt. Die eigentlichen Herrinnen, die den Lauf der Spindel dirigieren, thronen aber abseits - die Moiren."

Nicht schlecht. Abseits herrschen. Während die Gemeinschaft der Bewegten lärmt und zetert, bewegen die Göttinnen unsichtbar und stumm. Vom Dunklen ins Unkenntliche. Vom Vermutbaren ins Bewusstlose. Was könnte es darüber geben als Mythen und Vorstellungen von seltsamen Wegen und Mechaniken...

„Lachesis, die ihre Lose verteilen lässt. Klotho, die sie gültig macht. Und Atropos, die für die Unwiderruflichkeit dieser Fügung sorgt. Ja, so ungefähr. Und da ist noch der Bote bei Lachesis, der die Lose verteilt, nachdem er sie aus dem Schoß der Vergangenheit genommen hat. Dann dürfen die Seelen in der Reihenfolge der Losnummern aus den zur Verfügung stehenden Lebensbildern wählen, jede nach ihren Erfahrungen. Aber die erste nicht sorglos wie die letzte nicht mutlos, so heißt es dazu."

Der Gewinner nimmt alles. Allzumenschlich. Ein Spielchen aus dem Schoß der Notwendigkeit, mit einer Prise Zufall. Heute wählen wir Leben. Alles anders oder alles noch einmal. Der Narr bleibt Narr, der Beleidigte wird Tyrann, Spötter und Kriecher bleiben Spötter und Kriecher, die Schlange wird Adler, der Stein wird Wasser, der Philosoph bleibt Kind. Ein sirrender Kreisel über verklebten Kristallen. Vexierlabyrinth. Umnebelte Augen sehen in geputzte Spiegel und bilden sich vollendete Welten ein.

„Nach der Wahl nehmen sie einen Trank zu sich, der ihnen die Erinnerung raubt, und sie werden wiedergeboren - so, wie sie es sich ausgesucht haben."

Lachlopos nimmt und spendet. Lachlopos ermahnt und ermuntert. Lachlopos dreht das große Rad und schmiert sandhaltiges Öl auf die Achse. Lachlopos lacht und ist lachhaft - ein Mythos aus dem Herzen des schwärmenden Menschen, der sich aufrichtig selbst betrügt. Trost, Mäßigung, Vergebung, Wiederkehr: das tatsächlich uralte, unsterbliche Kinderlied, von zittrigen Stimmchen gesungen bei Nacht. Bei Nacht...

Kosta schien nachdenklich geworden zu sein. „Welch ein Zufall, dass du mich mit deiner Erinnerung auf diese Geschichte gebracht hast", sagte er.

„Vielleicht auch nicht", schränkte Karl ein. „Ich habe gelesen, dass Zufall heißt, die andere Hälfte der Dinge außer acht gelassen zu haben."

„Bleibt die Frage, was für eine Wahl man in Wirklichkeit hat", erwiderte Kosta.

Karl, dem kleine Farbbläschen durchs Gehirn zogen, Gedankenembryos mit Andeutungen von politischem Widerstand, von Sabotage und von Auslöserkodes, Karl, das Entsinnen zum Greifen nah, fuhr heftig zusammen, als vom Fußboden her eine laute Stimme durch die Dunkelheit tönte:

„Ich hab euch zugehört, Freunde. Wir haben keine Wahl. Wir müssen was unternehmen - und zwar sofort!"

„Bill!"

„Wer sonst. Ich will euch was sagen. Die Sache mit Feiningrad, der sich hier Toto nannte, tut mir schrecklich leid. Ich war nicht Herr meiner selbst, war nichts zu machen. Aber jetzt bin ich voll da. Und es wäre wirklich das Beste, wenn ihr mich losmachen würdet. Ihr habt nichts zu befürchten."

Karl spürte, wie Kosta neben ihm sein Gewicht verlagerte. Er sagte: „Das klingt gut, Bill. Aber wer garantiert uns, dass du nicht noch an jemand anderem Rache nehmen willst? Die Umstände sind noch nicht geklärt."

„Machst du Witze? Was ist hier überhaupt geklärt? Du bist Karl, was? Hör mal zu, Karl: Hier wird in Kürze die Hölle los sein, das steht fest."

„Was meinst du damit?"

„Glaubst du, das ist hier eine Teeparty? Was ist mit deinem Kopf los, Mann? Macht mich endlich los, Freunde. Als verschnürtes

153

Paket nütze ich keinem was, und ich hab keine Lust, irgendwelche Leute auf meinem Schädel rumtrampeln zu lassen. Wie sieht's denn mit euch aus? Wollt ihr tatenlos darauf warten, dass dieser komische Götterbote euch ein neues Angebot macht?"

Karl schwankte. Toto war also Feiningrad gewesen, so wie Mabler Mallhausen... aber Namen sind ohne Bedeutung, nur Orientierungshilfen zwischen Dingen und Schatten, Wegesrichtungen nach oben oder unten. Er flüsterte: „Was meinst du, Kosta?"

„Ich habe nicht gesagt, dass ich hier auf ein göttliches Angebot warten würde. Nun, wenn es darum geht, dass man anderen zu ihrer Freiheit verhelfen kann, sofern diese überhaupt den Namen verdient, will ich mich nicht verweigern."

Karl fühlte, wie sein Nebenmann die Arme in die Matratze stemmte, um sich zu erheben. Er war erleichtert darüber, dass ihm Kosta die Entscheidung abgenommen hatte und sogleich zur Tat schritt.

„Pass auf, Freund, dass du mich vor lauter guter Absicht nicht erwürgst!"

Karl hörte, wie unter keuchenden Bemühungen der hilflose Bill hin- und hergewuchtet wurde.

„Du musst am Rücken suchen, der eine Zipfel steckt irgendwo dahinten." Reibegeräusche und schnelles Atmen überdeckten sich. Bills Stimme klang nun dumpfer: „Ein Folterknecht könnte auch nicht behutsamer zu Werke gehen, Mann!"

Nun stand auch Karl auf, tastete sich vor und ging dem Kameraden zur Hand. Zusammen gelang es ihnen nach einigen Minuten und wiederholten Verwünschungen Bills, das Bündel aufzuwickeln. Ächzend erhob sich der Entfesselte und prüfte hörbar die noch vorhandene Beweglichkeit seiner Knochen.

„Okay, Freunde, danke. Der Tanz kann beginnen."

„Was hast du vor?"

„Ihnen zuvorkommen. Da man sich hier nicht verstecken kann, müssen wir sie da abpassen, wo sie's noch gar nicht erwarten."

„Sollten wir nicht die anderen informieren?"

„Zwecklos. Bis wir zu denen hingestolpert sind, ist schon alles vorbei. Also kommt - ihr seid tüchtige Burschen, zusammen packen wir das!"

„Und wo soll's hingehen?"

„Zum Durchgang natürlich. Ihr kennt ja den Weg. Trotzdem ist es besser, wenn wir dicht zusammen bleiben. Immer an der rechten Gangseite lang, dann kommen wir direkt hin. Falls einer unsicher wird, soll er's sagen. Du, Karl, gehst zwischen mir und... wie heißt du eigentlich?"

„Merlinger."

„Also zwischen mir und Merlinger. Kannst ja immer mal tasten, ob wir noch da sind."

Bills physische Präsenz war nun noch stärker als vor den Zwischenfällen, trotz oder wegen der Dunkelheit. Alle möglichen Einwände erstarben Karl im Hals. Jeder Skrupel wurde verdrängt von der Aktivität des Großen, der ihn soeben am Arm griff und mit sich zog.

„Also - erst rechts und dann immer geradeaus."

Sie stolperten der Reihe nach über Toto, verloren aber kein Wort darüber und machten sich auf den Weg durch den vollkommen dunklen Gang. Karls Befangenheit wurde verwischt durch die Konzentration auf möglichst schnelle und sichere Fortbewegung. Mit der Rechten an der Wand entlangstreifend versuchte er, mit der Linken an Bills Overall zu bleiben. Was schwierig war, da Bill immer schneller wurde. Das heftige Atmen hinter ihm verriet, dass auch Kosta Probleme hatte, das Tempo zu halten. Kosta...? Nein, Kosta gab es nicht mehr. Er hieß Merlinger. Aber egal, egal...

An der Gangkreuzung fiel seine Hand vorübergehend ins Leere. Kurz danach registrierte er die vier Eingänge seiner Gruppe. Hier habe ich einen Tag lang gewohnt, ungefähr einen Tag. Die Intensität macht aus dem merkwürdigsten Loch noch ein Zuhause. Oder glaube ich etwa, dass ich das noch einmal wiedersehe? Was liegt mir daran? Zuhause ist überall da, wo die Sehnsucht breiter ist als die Angst tief. Nein, auch so: die Wände. Leben, Freiheit, Eigentum - Locke hatte Recht! Das Urangebot... meine Güte, ich erinnere mich... sichtbare Grenzen, man strebt nach Grenzen. Auch der tumbe Tor weiß, dass er nicht allein ist... ob wir schon die Gabelung passiert haben? Schwer zu sagen. Der Gang scheint noch gekrümmt zu sein. Kann aber auch täuschen. Karl erinnerte sich an seine Erkundungstour, die ihn zuvor in diese Richtung geführt hatte. Bis zum Durchgang, wie Bill es nannte, war noch eine beträchtliche Wegstrecke. Ich wollte Mabler davon berichten, dachte er, aber wenn Bill das kennt, kennt er es auch... dann kennt er wohl auch den Kode für die Versorgungsschiffe, und auch die anderen... ich konnte ihn noch... es muss geklappt haben, sonst wäre ja nicht...

Über ihnen zuckte es plötzlich und blitzte dann auf sie herunter. Er riss die Hände hoch, um sie noch schützend über die Augen zu legen. Da er sofort stehen geblieben war, wurde er von Merlinger fast umgerempelt. Ein kurzes Keuchen folgte.

„Das Licht ist an", rief Bill überflüssigerweise.

Karl hielt den Kopf gesenkt und spähte unter den Handflächen hinweg auf den Gangboden, der sich wieder im kräftigen Grün zeigte. Dann nahm er die Hände weg und blinzelte vorsichtig umher. Rund vier Meter voraus stand Bill und schaute zu ihnen her; Merlinger hockte am Boden, das Gesicht auf den Knien.

„Was ist mit euch? Wir haben keine Zeit zu verlieren!"

„Moment! Merlinger ist noch geblendet, scheint's", rief Karl zurück, leicht verärgert über die Ungeduld des Großen.

„Geht ihr nur weiter", murmelte Merlinger, ohne seine Position zu ändern. „Ich bleibe. Ich habe genug."

„Es ist doch nur das Licht."

„Das wird nicht alles gewesen sein. Ich fürchte, mir war's im Dunkeln wohler. Aber das lässt sich jetzt nicht mehr ändern. Gar nichts lässt sich jetzt mehr ändern."

Karl sah sich allein gelassen. Er stand gewissermaßen zwischen Aktion und Aufgabe. „Du willst doch wohl nicht bis zum Ende aller Tage hier hocken bleiben?"

„Keine Angst. So lange wird's nicht dauern."

„Kommt ihr bald?" Bill war einen Schritt herangekommen, dann aber wieder stehen geblieben. „Ist ihm schlecht oder was?"

Bevor Karl antworten konnte, bemerkte er etwas anderes.

Gerade eben hatte er es noch seinem verunsicherten oder überbeanspruchten Wahrnehmungsapparat zuschreiben wollen, doch nun war es unverkennbar: ein anhaltendes Zischen, das von überallher zu kommen schien.

„Was ist das?" fragte Merlinger und sah sich um. Also hörte er es auch.

Karl glaubte, einen fahlen Schleier zu erkennen, der sich über die Gangwand legte. Als er genauer hinsehen wollte, erkannte er umso weniger, was seine Annahme bestätigte, dass dort Gas austrat. Die Noppen...!

Er wich spontan zurück, nahm Merlinger beim Arm und zerrte ihn in die Gangmitte. „Gas", sagte er kurz und laut genug, dass es auch Bill verstand.

„Verdammt, es geht schon los!"

In diesem Moment wurde das Zischen schlagartig lauter, fast zu einem Rauschen, das nur aus einer Richtung kam - vom Schott. „Es war nur eine Störung", meinte Merlinger, von einem Hüsteln behindert. „Jetzt funktioniert's wieder. Nichts wird bleiben."

„Ihr Affen könnt ja bleiben und euch die Hosen nass machen. Das ist meine einzige Chance, und ich werde durchkommen. Verlasst euch drauf!"

Seine Stimme hatte so wütend wie fest entschlossen geklungen, und als Bill sich umdrehte, um in Richtung des aufwallenden Nebels loszustürmen, dachte Karl, dass er es vielleicht wirklich schaffen könnte. Dennoch hatte das Bild der bulligen gelben Gestalt, die gegen eine weiße Wand anrannte, etwas Selbstmörderisches. Karl verlangte es danach, ihm irgendwas hinterher zu rufen, doch er wusste nicht, welche Worte er wählen sollte, und ließ es sein. Er setzte sich zu Merlinger und schloss die Augen.

„Kennst du den Kriton?" hörte er Merlinger fragen.

„Nein."

„Sokrates ist bereit zu sterben. Ihm gilt die gesetzte Ordnung mehr als der persönliche Wille."

Karl spürte, dass das Gas allmählich Wirkung zeigte und ihn schläfrig machte. „So ein Blödsinn", sagte er.

„Ja. Vielleicht ist Bill nicht so klug wie Sokrates, aber menschlich gesehen ist er größer."

Mit letzter Mühe sah Karl noch einmal den Gang entlang. Bill war verschwunden in der fast leuchtend hellen Aufwallung, die nun schon bis auf zehn Meter herangekommen war. Das Rauschen hatte seinen erschreckenden, aggressiven Klang verloren, es wirkte nur noch lähmend.

„Er kämpft", fuhr Merlinger langsam fort. „Wir haben es leichter. Wir brauchen nicht einmal... den Becher zu heben."

157

Karl sah die ersten Schwaden über ihre Köpfe wirbeln. Er legte sich zur Seite. Lachlopos ist nur Chemie, dachte er. Schicksal und Tod sind Molekülspiele. Wir lachen. Wir lachen und wollen schlafen.

„Adieu, Karl. War nett, dich kennengelernt zu haben."

War das Mabler gewesen? Vielleicht, vielleicht auch nicht. Seine Urteilskraft ertrank in einer sanften, wattegleichen Stille...

Die Stille vermengt sich mit dem Gemurmel traumhafter Stimmen. Unaufhaltsam, dicht und träge walzt die ins Lachhafte verlangsamte Springflut aus Licht und Luft, befreit schwammige Konturen und tanzende Pünktchen aus einem riesigen dunkelroten Strom. Irgendwoher kommt ein tiefes Summen und legt sich über alles. Das bunte Gesprenksel aus grillenhaften Lichtern und luftigen Spiralen erstickt allmählich unter einer behutsamen, von organischen Netzen überspannten Masse. Hier und da wellt sie sich auf, um bläuliche oder rötliche Blitzchen zu schlucken und in ihren unabsehbaren Leib einzuspeisen. Jene Netze, die wie aus dem Lot geratene und mannigfach aufgespaltene Meridiane die ungefüge, halb flüssige, halb dunstige Landschaft durchziehen, beleben sich zunehmend und dirigieren den uferlosen Strom bis zu den Rändern der Unsichtbarkeit, bis alles erloschen, verstummt und verschwunden ist. Eine wabernde Finsternis, die unter Dämonenadern und mit vereinzelt aufgewölbter Vollständigkeit aufnimmt, auflöst, verdaut.

Es war die Summe aus Sodbrennen, Hunger und Durst, die ihn zum Aufwachen brachte. Als er die Augen öffnete, kniff er sie gleich wieder zusammen, da ihm das Deckenlicht wehtat. Mühsam richtete er sich auf und schwang die Beine vom Bett. Dann sah er: den Tisch, den Stuhl, das Bullauge.

Bin ich der Erste heute? fragte er sich, während er gähnen musste und dadurch an das Brennen im Hals erinnert wurde. Zu tief ins Glas geschaut gestern, tadelte er sich, stand auf und ging zum Bad. Nachdem er sich ausreichend vom Wasserhahn bedient hatte, begab er sich in die Kabine von Pit, der wie ein Toter dalag, aber laut schnarchte.

Er packte ihn an den Schultern und rüttelte ihn. „He, aufstehn! Frühstück wartet!" verkündete er rau.

Der gewaltsam aus dem Schlaf gerissene Pit nuschelte noch ein paar unverständliche Satzbrocken, bis er die Augen auftat. „Verdammt, seit wann werd ich denn geweckt? Ich bin sonst immer der Erste."

„Heute mal nicht. Bist halt noch mehr versumpft als ich."

„Puuh", machte Pit, was wohl eine Art von Zustimmung sein sollte, und rieb sich über den trockenen Mund. „Ist ein Neuer da?"

„Hab noch nicht nachgesehn."

„Na, dann lass uns mal."

„Und Frankie?"

„Der darf noch ein paar Minütchen schlafen. Vorteil für ihn." Pit grinste. „Ich will's jedenfalls gleich wissen."

Zielstrebig bewegten sie sich zur vierten Kabine. Sie brauchten nur ein paar Schritte. Dann waren sie drin.

„Verdammt, verdammt! Immer noch keiner!"

„Ich hab's befürchtet. Das kann dauern. Aber irgendwann..."

„Na schön. Dann lass uns mal Frankie wecken."

„Die anderen werden rumfrotzeln."

„Tun sie immer und haben dabei auch ihre Lücken. Macht nichts. Ich brauch jetzt erst mal was für'n Bauch."

„Das ist die beste aller Einstellungen, Pit."

Sie klopften sich gegenseitig auf die Schultern und machten sich auf, den Kameraden zu wecken und dann gemeinsam zum Speisesaal zu gehen, wo wie jeden Morgen das Frühstück auf sie wartete.